AF136642

L'éducation inachevée

Jean Pacholder

Édition : Books on Demand,
12/14 rond-Point des Champs-Elysées, 75008 Paris
Impression : BoD - Books on Demand, Norderstedt, Allemagne
ISBN : 9782322270828
Dépôt légal : décembre 2020

A ma famille d'hier et d'aujourd'hui,
aux amis.

« Je veux parler de la difficulté que l'être humain rencontre à s'ouvrir aux questions que pose l'autre dans sa différence, à faire une place à cette différence, et à partir de ceci, à reconnaître qu'il n'en fait aucune à la sienne, ni à l'écart entre ce qu'il veut et ce qu'il fait, entre ses désirs et ses ratés (....).
Il préfère nier les motifs qui se cachent derrière l'émotif, censurer l'émotion, de crainte d'être surpris en flagrant délit de manque de maîtrise.
Or cette attitude à une raison : la peur. La peur qu'à l'individu de retourner sur les chemins de son passé, de revisiter ses amours infantiles dans leur réalité, de voir vraiment où il était dans ses émotions anciennes qui, par moments, ressurgissent à ses dépens.
Elsa Cayat « Charlie Hebo » Janvier 2015

La parole humaine ne saurait jamais se passer de la fausseté. Elle a bien pu naître des nécessités de la fiction, du multiple besoin de « dire ce qui n'est pas « (pour reprendre le mot lapidaire de Swift). Nos subjonctifs, nos conditionnels, nos optatifs, les « si » de nos grammaires rendent possible une contre-factualité indispensable, foncièrement humaine. Ils nous permettent d'altérer, de refaçonner, d'imaginer, d'annuler les contraintes matérielles de notre univers biologique-empirique.
« Errata » – Georges Steiner 1998

La tentation autobiographique

« Non, tu ne feras pas ça. » Les paroles m'entourent, m'enserrent, me ligotent, je me débats...

« Si, je le ferai »... Voilà, je me libère, l'excitation tend mon bras, j'enfonce la pointe des ciseaux de toutes mes forces, la soie cède, se déchire ».
Nathalie Sarraute – « Enfance ».

« *Ça me tente* » déclare Nathalie Sarraute à l'orée d' « *Enfance* », ce récit autobiographique dans lequel elle se livre.

Emerge ce premier souvenir, cette scène avec la nounou allemande qui veut empêcher la toute jeune Nathalie d'éventrer le dossier d'un fauteuil à l'aide d'une paire de ciseaux pour voir ce qu'il en sort. Une matière informe.

Céder ou pas à la tentation du récit autobiographique, ce jaillissement d'un soi enfoui que l'auteur coule dans le moule de sa langue ...

« *Oui, je n'y peux rien.* » confie Nathalie à son double, cet astucieux alter ego littéraire, belle trouvaille qui lui permet d'établir un dialogue entre elle et lui, de questionner la pulsion, de résoudre la question de l'hétérogénéité du commentaire dans le récit autobiographique.

Céder à « *l'excitation*», *au désir.* Il y a des paroles qui « *ligotent* » et d'autres qui « *libèrent* ».

Céder à la tentation en faisant fi du risque de banalité, en pariant sur la faim qu'a le lecteur de ce qui lui ressemble et lui « dissemble ».

Ce que souhaitent l'auteur et le lecteur, n'est-ce pas de retrouver le charme ensorceleur du récit ? Que les souvenirs raboutés racontent une histoire, que cette histoire ordonne le chaos d'une vie, lui donne un sens ?

Mais l'essentiel est ailleurs :

écrire comme si le devenir de l'auteur devenait dépendant d'un passé revisité, reformulé ;

écrire comme si l'auteur voulait se surprendre lui-même par ce « *donné* » dit Sarraute qu'« *aucun mot écrit, aucune parole n'ont encore touché* ».

« *Non, tu ne feras pas ça !* ». Y aurait-il quelque chose qui ne se fait pas dans l'essai de mettre à nu, de parler de l'intime ?

Dans « *Enfance* » Nathalie Sarraute délimite une tranche d'existence (jusqu'à la fin de l'école primaire) où l'éveil à la sexualité et à l'amour, autre que filial, n'apparaît pas.

Pourquoi ? Choix délibéré, auto-censure d'une génération pour laquelle parler de la sexualité est encore tabou ? Et davantage encore de la sexualité infantile ? Je ne parviens pas à imaginer que Nathalie Sarraute n'ait ressenti aucune émotion sur le plan psycho-sexuel dans son enfance.

De l'enfance, de quoi ma mémoire se souvient-elle le mieux si ce n'est précisément des impacts de tous les événements liés à la sexualité et à l'amour ? Ils se comportent comme les aimants que j'aimais trouver dans la boîte à couture de ma mère. Autour d'eux s'agglutinent les aiguilles des mille et un détails du décor.

La sexualité naissante s'élabore en bonne partie hors du langage. Mettre des mots sur cette construction participe à l'avènement du sujet, de même que les mots qui racontent les origines. A défaut d'expliquer à sa fille la place du désir qui préside à sa naissance, au moins la mère de Nathalie Sarraute lui transmet-elle la lignée dans laquelle elle s'inscrit. Bella, ma mère, ne me dira rien de de ma naissance ni de histoire à laquelle je suis relié. Elle me laissera le travail à faire.

****

1 - Rhodon

Mes parents ne sont pas des exhibitionnistes. Dans notre petite propriété de Rhodon ils ne vaquent pas nus même si la petite piscine qu'ils ont fait creuser suscite de réguliers déshabillages. Ils aiment le naturisme, l'ont pratiqué avant la guerre dans divers lieux dédiés. Mais comme le jardin donne sur une rue passante qui monte vers un des nombreux bois autour de St Rémy-lès - Chevreuse, ils estiment plus raisonnable de ne pas être vus nus dehors. Dans le jardin en pente vers le Rhodon, le ruisseau qui a donné son nom au quartier, se tient un bassin en ciment de forme carrée. On y descend par le milieu du côté supérieur. Quelques larges marches permettent d'entrer dans l'eau progressivement. Au plus profond de la piscine on peut faire quelques brasses. Lentement l'eau se réchauffe au soleil de l'été, elle s'imprègne d'une odeur de ciment car le bassin n'est pas carrelé. L'odeur d'une eau qui stagne un peu.

Saint Rémy se trouve non loin de la petite ville d'Orsay où ma mère avait installé dans les années 30 son premier jardin d'enfants. C'est ainsi qu'on nommait ces lieux d'accueil pour jeunes enfants. Ils faisaient fonction d'école maternelle avant la guerre et juste après.

Ma mère, jeune communiste polonaise avait fui le régime qui la menaçait d'emprisonnement. Le parti communiste polonais était très minoritaire, trotskiste et illégal. Les communistes polonais apparaissaient comme des traîtres, le cheval de Troie de l'URSS. De nombreux Juifs militaient dans ce parti. Sans doute espéraient-ils que la société idéale à laquelle ils aspiraient supprimerait un antisémitisme bien ancré en Pologne. Pour ma mère, juive et communiste, le climat n'était pas très hospitalier autour des années 1930 en Pologne. L'émigration, une solution.

C'est aussi non loin d'Orsay que mon père déniche ce petit bout de terrain pas cher qui lui permet de satisfaire le besoin de nature qui le tenaillera toute sa vie de Parisien.

Car la vallée de Chevreuse donne la possibilité aux habitants de la capitale de se rendre sans voiture rapidement à la campagne. Depuis la ligne de Sceaux que nous rejoignons en métro par la gare du Luxembourg, notre famille se déplace jusqu'à Saint Rémy. Après la gare, il faut marcher un peu. Mon père me porte souvent sur ses épaules. Je n'en ai pas le souvenir. C'est le journal qu'il a consacré à ma naissance qui le mentionne. Il a tenu ce journal durant quelques mois après ma naissance.

Une haie dense masque le jardin dans lequel on pénètre par un portail en bois. Au bout, une maisonnette en dur, constituée à l'origine d'une seule chambre.

Un petit perron avec deux ou trois marches indique l'entrée. Je m'y assois souvent face au soleil. Pour le tout jeune enfant que je suis, le séjour est vaste. Le mur de droite quand on entre a été percé et permet d'accéder à une sorte d'extension constituée de deux petits pièces bâties en bois construites par mon père. Le toit est réalisé en bardeaux bitumés. La première petite pièce sert de chambre à coucher pour mes parents; il faut la traverser pour atteindre la petite cuisine qui fonctionne avec des réchauds à alcool. J'aime les cérémonials autour de l'allumage des ces réchauds, la petite tirette qui permet de régler la puissance du feu en obturant plus ou moins les trous circulaires qui répartissent l'arrivée d'air. Une odeur du goudron et d'alcool à brûler octroie à ces deux pièces une étrangeté familière.

De temps en temps mon père monte sur le toit, répare une fuite. Je trouve mes parents très à l'aise avec les lampes à pétrole qui fournissent l'éclairage, ainsi qu' avec les réchauds ; toutes choses bien différentes de ce que nous connaissons à Paris. Le soir, mon père allume les lampes à pétrole. L'une des lampes, la plus grande, a perché son grand réservoir en verre au sommet d'un pied télescopique. On distingue le niveau du pétrole et l'état de la mèche. Une molette crantée permet de régler la quantité de mèche que l'on souhaite sortir du brûleur. Un long tube en verre surmonte le réservoir et guide la flamme et les vapeurs brûlées. Ce cylindre en verre fait l'objet de toutes les attentions de mon père quand il règle la flamme. Un feu trop vif et le verre claque. J'aime la lumière vacillante, les ombres gigantesques de mes parents sur les murs. Il faut régulièrement régler la mèche.

La grande pièce où nous prenons les repas et où je dors se remplit de lumière au lever du jour. Les petits-déjeuners ensoleillés sont des moments heureux. Je suis friand du lait concentré en boîte que je ne bois qu'ici. En tube ou en boîte, il me semble que rien ne surpasse ce délice.

Je ne connais pas l'histoire de l'acquisition de cette propriété de Rhodon. Un sapin a été planté à ma naissance. On le découvre dès l'entrée du jardin, à gauche, après le portail. Il sert de paravent et cache la résidence voisine. Mon père m'a raconté qu'avant la guerre et l'achat de ce lopin, il allait dans un camp à tendance naturiste situé à Saint Rémy. Il a conservé quelques photos de ce camp. On y voit des gens en maillot de bain, la nudité n'était pas obligatoire.

Le couchage sous tente, les bains de soleil, une piscine découverte, le volley-ball, la gymnastique, les discussions et les débats, constituaient le programme des activités pour un public aux revenus modestes. Le Front Populaire en 1936 avait entr'ouvert la possibilité d'accéder à un nouvel équilibre entre activités physiques et intellectuelles. On venait au camp en train, à vélo, on y passait plusieurs jours l'été, on y parlait de ce qu'on appelle aujourd'hui le « développement personnel ». Gurdjieff faisait partie des maîtres à penser.

En longeant la maison sur la gauche j'accède, au fond du jardin, à la cabane en bois des W.C. adossée à la haie vive qui délimite la propriété. J'aime l'odeur de ce réduit dont les planches de récupération, disjointes, n'ont plus d'âge. Après la pluie une odeur de bois mouillé raconte la nature. Au fond du cabanon se tient un banc constitué de deux planches grossièrement jointes au milieu desquelles un trou a été percé. Quand on soulève le couvercle circulaire en bois qui le recouvre une âcre odeur d'excréments se répand. Sur ce banc un rouleau de papier tient compagnie aux visiteurs intéressés. Des rais de lumière s'invitent à travers les fentes des planches disjointes et zèbrent l'obscurité. Des grains de poussières s'élèvent le long des faisceaux lumineux.

Ici, je me sens à l'abri, j'entends les conversations, les bruits de la vie de tous les jours, les voix quand les fenêtres sont ouvertes. Cet isolement si près de la maison me rassure et me plaît. Bientôt le local s'emplit des touffeurs que produit l'activité du visiteur.

La preuve d'un travail bien fait. L'atmosphère tiédit. De ce soulagement naît une torpeur familière.

De temps en temps mon père s'occupe à vidanger le lieu. Il répand la matière collectée au pied des arbres fruitiers. Mais je n'y prête pas trop attention.

Parfois, pour l'imiter, j'ai pris l'habitude d'uriner dehors. Inutile, pour nous les hommes, d'aller dans la cabane. On pisse debout dans l'herbe.

Un jour nous nous trouvons côte à côte. Tous deux pris en même temps d'une envie d'uriner nous acceptons sans gêne aucune cette situation nouvelle. Je peux le voir tenir son sexe d'adulte, circoncis, qui ne ressemble en rien au mien, minuscule, protégé par son prépuce. Son gland légèrement violacé se détache nettement de la hampe. Il me paraît énorme. Je n'en ai jamais vu, n'ayant jamais décalotté mon sexe que ma mère dénomme le « pissou ». Je suis sidéré. Bientôt, il fait disparaître l'engin par la braguette, me quitte pour enchaîner sur une autre activité et me laisse stupéfait.

2 - L'île du Levant

Je refuse obstinément d'enlever mon slip. Tout le monde sur la plage est nu, sauf moi. Mon père insiste, je persiste et pleure. Ma mère doit lui dire de ne pas me forcer, de me laisser garder mon slip puisque je ne veux pas me montrer nu. Il s'éloigne moqueur. Mes parents sont nus et vont se baigner. Ils m'apparaissent décontractés, à l'aise. D'où me vient cette pudeur ? Pourquoi ne fais-je pas « confiance » aux demandes parentales ?

Nous sommes sur l'île du Levant, dans le Var, en face du Lavandou. L'île est réputée pour sa partie naturiste. Par une carte postale de 1939 qu'un certain Thierry a envoyée à ma mère, j'apprends seulement aujourd'hui dans le fouillis des archives, qu'elle fréquentait les plages du Lavandou avant la guerre.

Ces vacances familiales sont rares. Nous sommes au mois de mai ou juin. Je dois avoir aux alentours de 6 ans. Ma mère, directrice à présent d'une colonie de vacances privée près de Pontoise prend des vacances avant les vacances « officielles » de juillet et août, qui sont des mois de plein travail pour elle. Mon père a dû spécialement « poser » des congés.

Dans le village du camping, les gens portent souvent un cache-sexe, un bout de tissu plus petit qu'un maillot de bain. Il fait beau. De l'île du Levant où nous avons dû rester une semaine, je garde surtout le souvenir du terrain de volley-ball. Sur ce terrain et aux alentours se trouvent les joueurs et les joueuses. Ce sont surtout les joueuses qui m'intéressent. Elles sont seins nus. L'une d'entre elles attire constamment mon regard. C'est une jeune femme, dont le corps me semble beau, sans défaut, parfaitement bronzé.

Où s'est formé ce goût pour les jeunes femmes ? Pourquoi cette attirance pour les peaux mates et hâlées ? L'antithèse de ma peau blanche de rouquin si longue à cuivrer ? Les seins habituellement cachés aux rayons du soleil sont légèrement plus clairs et mis en évidence par cette différence de couleur. Je n'arrive pas à détacher mon regard de cette poitrine café au lait.

J'aime quand la jeune femme est assise et que je peux la contempler à ma guise. D'autres femmes sont également seins nus, mais c'est elle que je préfère regarder. Aréoles captivantes, rondeurs qui appellent la main, grain d'une peau comme une promesse de douceur. L'attraction est forte. Un désir s'éveille; toucher, humer, palper, embrasser. Il se heurte au mur d'un impossible. Quand je regarde les hommes qui s'approchent avec familiarité de ces femmes j'apprends que les enfants doivent attendre.

3 - Villa Sadi-Carnot

Très jeune j'ai ma propre chambre, même s'il me faut parfois la céder aux invités que nous recevons de temps à autre. Dans les années 50-60 tous les enfants issus du même milieu social que mes parents n'ont pas cette chance. Je n'en ai pas conscience, j'éprouve simplement le plaisir d'avoir un espace dédié. Ma mère a trouvé à louer dans le 19ème arrondissement un petit pavillon d'un étage dans une ruelle piétonnière très pentue. On appelle ces ruelles des « villas ». Elles ont hébergé une catégorie de gens plutôt modeste au début du 20^{ème}siècle. Dans les années 50 elles ne sont pas encore prisées comme aujourd'hui.

De part et d'autre de la rue de la Mouzaïa, comme les arêtes d'un gigantesque poisson, les villas confèrent au quartier un aspect provincial. Entre la rue de Bellevue, située plus haut mais parallèle à la rue de la Mouzaïa et ladite rue s'alignent une demi douzaine de villas. Elles portent des noms communs comme villa des Lilas, villa du Progrès, ou des noms de présidents de la troisième République.

Au 18 de la villa Sadi-Carnot se dresse notre pavillon doté de quatre chambres sur deux niveaux. Une petite courette située derrière et surtout le jardinet devant le pavillon, permettent à ma mère d'installer son activité de jardinière d'enfants. Dans la journée entre six et huit enfants investissent le premier étage où se trouvent la chambre de ma mère et la mienne, meublées de telle sorte qu'elles peuvent se transformer en salle d'activités. Les lits sont repliés dans la journée.

Quand nous recevons des amis, je vais dormir dans la chambre de ma mère, une sorte de privilège. Les deux lits disposés le long des murs en angle droit de chaque côté de la porte d'entrée nous permettent de nous voir.

Mon père et ma mère dorment chacun(e) dans leur chambre. Je n'ai aucune idée qu'il existe d'autres modalités de couchage pour un couple. L'attribution d'une propre chambre conforte en moi l'idée qu'un chez soi pour chacun constitue la règle.

Quand j'ai quatre ou cinq ans arrivent les lits gigognes. C'est sous ce nom qu'ils me sont présentés. Une dénomination impropre. Par gigogne on désigne surtout des lits dont l'un se replie sous l'autre pour gagner de la place. Le modèle que mes parents achètent possède d'autres propriétés. Il s'agit d'un meuble longiligne, une sorte de long buffet plaqué en chêne clair, fermé par une serrure en laiton. Un pan se rabat au sol. Pour installer le lit on actionne la serrure en laiton doté d'une large clé, on ouvre les deux volets qui masquent des roulettes faisant office de pieds, on abaisse le pan mobile qui comporte un sommier et un matelas.

Une fois posé à terre ce lit bas est accueillant et sa faible hauteur le rend très accessible à l'enfant que je suis. Mes parents en ont commandé deux, un pour ma chambre, un autre pour celle de ma mère. Quand ils sont fermés les deux lits prennent peu de place, deviennent des meubles sur lesquels peuvent se tenir en permanence livres, bibelots, objets de toutes sortes. Dans la journée, les lits se replient pour rendre les chambres plus vastes.

J'adopte vite le mot « gigogne » dont les sonorités et la rareté me plaisent ainsi que le savoir technique qui l'auréole.

doit penser que je suis encore trop jeune pour me dire comment ils y entrent, et cette question ne me vient pas à l'esprit. Pour ma mère, ce moment est « naturel ». Se cacher derrière un paravent aurait soulevé d'autres questions, nécessité d'autres explications. Sans avoir conscience du caractère rare de cette exposition, je ressens cet instant comme une preuve supplémentaire de notre proximité.

Elle a le corps d'une femme mûre sans défaut particulier. Je ne ressens ni excitation ni répulsion. C'est une vision familière. Cette connaissance de « bonne heure » de l'anatomie féminine ne diminuera en rien la curiosité inextinguible des corps féminins qui me saisira ensuite.

Dans le petit cabinet de toilette qui jouxte ma chambre un grand bac en faïence tient lieu de lavabo. Les enfants viennent s'y laver les mains à la fin des ateliers de peinture, et avant les repas. Avant mes six ans, ma mère m'y lave en entier; ensuite je profiterai de la grande baignoire de Santeuil. A travers une mince ouverture dans la façade émaillée du chauffe eau à gaz une petite flamme bleutée veille. Rangés sur une petite paillasse carrelée, un nécessaire pour l'épilation à la cire, des tubes de rouge à lèvres, de la poudre, des crèmes, des flacons de parfums, et surtout cette boite dans laquelle elle dépose la tresse de cheveux dont elle ceint sa tête presque tous les jours. « Oui, me dit-elle, ce sont mes cheveux avant que je ne les coupe ».

Dans la journée ma chambre bien plus petite offre l'occasion d'échapper aux regards des adultes. Cela me permet d'organiser de temps en temps une séance que j'affectionne. En compagnie d'un compère garçon du jardin d'enfants nous nous allongeons à plat ventre sur l'épais lino marron clair qui recouvre le plancher. Le sol est froid. Côte à côte nous pouvons bien nous dévisager. Tout en ondulant du bassin dans un mouvement latéral de droite à gauche, combiné avec des mouvements verticaux comme pour enfoncer nos sexes dans le sol, nous proférons tous les gros mots que nous connaissons.

Notre lexique est pauvre et surtout scatologique, mais les répétitions ne nous gênent pas. A voix contenue, pour ne pas être entendu et peut être plus encore parce que ce mode d'expression est celui du secret, je prononce des mots que les adultes déclarent sales, tels « pipi » « caca » « fesses » « crotte » et qu'on ne doit pas dire - pourquoi existent-ils alors - et que mon comparse doit répéter. L'essentiel consiste à faire exploser le mot choisi au visage du partenaire, à libérer son pouvoir sale. Soit mon compagnon relance la balle avec un autre mot de son cru, et je le répète, soit je reprends l'initiative d'une nouvelle série. Au fur et à mesure le rythme de cette scansion s'accélère comme l'amplitude de nos contorsions. Au bout d'un certain temps, après avoir atteint un apogée mal défini, nous arrêtons notre jeu, ou bien un adulte, par son irruption dans la chambre, interrompt ce duo.

Un jour, j'ai l'occasion de ressentir le plaisir de cette primo masturbation dans un contexte différent. Avec ma mère nous devons rendre visite à une dame, pour des questions de couture. Elle m'emmène avec elle pour que je puisse jouer avec la petite fille qu'elle sait trouver là-bas.

La connais-je du jardin d'enfant, ou nous voyons nous pour la première fois ? En très peu de temps nous parvenons à nous isoler, à nous allonger ventre à terre, afin de jouer aux « cannibales », la tête dissimulée sous une rangée de vêtements suspendus à une tringle.

Où ai-je entendu quelque chose autour de pratiques anthropophages ? Mon instinct me dicte clairement que du plaisir peut surgir de la possibilité de manger l'autre; en l'occurrence cette petite fille qui porte une robe à manches courtes et qui manifeste un intérêt vif à l'idée d'être dégustée vivante. Je saisis son bras gauche à deux mains et mords légèrement à pleine bouche, par de légères pressions, une peau douce et ferme. Sentir contre les lèvres et la langue cette tiédeur, la mordiller et provoquer chez la propriétaire de ce trésor une approbation claire me transporte.

Je ne sais pas alors que de nombreuses années me séparent du moment où je pourrais renouveler en toute conscience pareil festin.

4 - L'école de la rue Compans

La rue Compans dans le 19ème arrondissement plonge vers la partie basse de l'arrondissement. J'ai toujours ressenti le quartier où j'habite au dessus des Buttes Chaumont comme mieux famé que celui aux alentours du canal de l'Ourq. En bas je ressens une sorte d'étrangeté. Une musique colorée sort des bars ; les petites tables à l'extérieur des cafés regroupent des hommes au physique méditerranéen qui fument tout en jouant aux cartes. Ils parlent une langue rugueuse.

Cette différence m'intrigue et m'effraie un peu; mais c'est dans cette rue que réside J.K. un fidèle pensionnaire du jardin d'enfants. Nos mères sont amies. De deux ans mon aîné, J.K. me connaît depuis ma naissance. Avec ma mère nous descendons à pied le long du parc des Buttes Chaumont pour rendre visite à J.K et sa mère. L'immeuble vétuste, l'appartement petit me font découvrir la chance que j'ai d'habiter la villa Sadi-Carnot. La santé fragile de la mère de J.K. l'oblige de temps en temps à faire de courts séjours à l'hôpital. J.K. habite alors chez nous, pour des périodes qui me semblent toujours trop brèves. J'ai enfin le compagnon de jeu à la maison, le grand frère, que j'aurais souhaité.

La rue de la Mouzaïa, malgré son nom, ressemble davantage à une petite rue de province avec ses marronniers, sa crèmerie où l'on vend encore du lait au détail, sa boulangerie exhalant les odeurs du fournil situé en sous sol, sa boutique de jouets dont j'examine régulièrement la vitrine pour traquer les nouveautés.

L'entrée de l'école communale de garçons, au numéro 106, s'accroche sur la pente raide de la rue Compans. Le bâtiment s'accommode de la forte déclivité, il installe une stabilité horizontale sur des fondations peu élevées en amont, beaucoup plus hautes en aval. Le hall d'entrée carrelé abrite la loge du concierge qui peut voir toutes personnes entrantes ou sortantes. En face de la loge démarre un large escalier en bois qui débouche sur une vaste salle intérieure attenante à la cour de récréation. Elle sert de gymnase quand il pleut et de cantine tous les jours. Au fond de la salle, une rangée de lavabos permet de se laver les mains. Sous ce préau des tables sont dressées le midi. Je vois les employées mettre le couvert quand je quitte l'école en fin de matinée. Une odeur de nourriture emplit alors les escaliers. Dès le début de ma scolarité je ressens le privilège de rentrer à midi à la maison, d'échapper au bruit et à la collectivité. Entre 11h30 et 13h30 je retrouve la douceur de mon statut d'enfant unique.

Pour cette première rentrée, ma mère m'accompagne. Elle m'a convaincu du bénéfice que je vais retirer de la fréquentation de ce lieu. Avec elle je marche d'un bon pas. Dans le hall d'entrée quand nous nous embrassons pour nous dire au revoir, soudainement, je ressens toute la signification de la séparation. Bien sûr j'en avais compris le principe et je l'avais accepté mais sans en éprouver la réalité. Auparavant l'école maternelle se tenait dans ma propre maison, je côtoyais ma mère sans interruption.

Je pleure bruyamment, ma mère me console, me couvre de baisers, m'affirme que je suis à présent un grand garçon, m'escorte jusqu'à l'escalier que je dois gravir seul. Elle m'assure qu'elle viendra me chercher tout à l'heure. En partie rasséréné j'accepte de monter les premières marches avec d'autre enfants. Elle s'esquive. Je me retourne, elle n'est plus là. Aussitôt je redescends l'escalier et me lance en hurlant à sa poursuite dans la rue. Elle revient sur ses pas. Tout est à recommencer. La scène des adieux est plus courte. Elle me laisse dans le hall et s'en va sans se retourner. Fort du succès de ma première tentative, je sors à nouveau dans la rue où je bêle comme l'agneau perdu. Elle me ramène vers l'entrée. Je sens qu'elle n'arrive pas à se fâcher. Une sorte d'impuissance, qui va peut être me permettre de gagner la partie, différer ma rentrée.

Un agent de police qui assure la sécurité du passage piétonnier devant l'école a vu toute la scène. Quand nous atteignons à nouveau le seuil, il s'approche, me prend par l'épaule m'introduit dans le hall, et m'encourage à grimper l'escalier par un élégant coup de pied aux fesses ! L'impact atteint le centre de mon amour propre. Ma mère n'a pas vu le geste. Le policier rend impossible toute velléité de retraite. Je suis condamné à monter. D'ailleurs il est grand temps, l'escalier s'est vidé.

Je ne conserve pas un mauvais souvenir de la rue Compans, malgré le statut très avantageux qui avait été le mien auparavant au jardin d'enfants, Là, je ne connaissais pas la contrainte et suivais avec plaisir l'ordonnancement des activités qu'organisait ma mère.

A l'école j'endosse rapidement le rôle attendu avec tous ses accessoires : tablier gris en tissu raide, cartable, plumier, et sa loi - l'obligation d'y aller, l'assiduité, la ponctualité, la tenue, la politesse.

Je dois me plier à toutes ses règles. Je découvre avec étonnement la mise en rang, la montée ordonnée dans les escaliers, les procédures d'appel, les distributions de cahiers. Rien de tout cela ne se pratiquait au jardin d'enfants.

Pour quelle raison pédagogique ma mère ne m'apprend-elle pas à lire et à écrire avant mes six ans et attend-elle cette première année d'école primaire ? Une retenue due au fait que le français n'est pas sa langue maternelle même si elle le maîtrise parfaitement ?

Comme j'ai une vraie curiosité vis-à-vis de l'écriture, l'apprentissage en classe est aisé et rapide. Je fais rapidement partie des enfants sollicités par la maîtresse pour lire à haute voix les petits textes de notre manuel.

J'aime quand, au tableau, elle nous apprend une nouvelle lettre. A chacune d'elle est liée une histoire. Pour le S, elle nous raconte la rencontre en chemin de Rémi avec un serpent.

Rémi, le garçonnet héros de toutes les histoires destinées à nous enseigner l'alphabet, s'est muni d'un bâton pour se défendre d'un serpent. Le reptile s'y enroule tout en sifflant Ssss ! Tous en chœur nous répétons le son S en associant alors irrévocablement la forme du corps du serpent, nouée autour du long bâton raide, à la forme du S telle qu'on l'écrit en italique minuscule. Quand Rémi surpris tout à coup par un événement imprévu arrondit les lèvres pour dire « Oh ! » la forme du O se grave à jamais.

J'aime les cours d'histoire à partir des grands cadres que la maîtresse extrait d'un coffre en bois pour les accrocher au tableau, la dilution de la poudre d'encre dans la bouteille verseuse qui alimente nos encriers de faïence, les frises à colorier, les lettres à reproduire en série sur les cahiers striés de lignes doubles, mais sans carreau, (il faudra attendre d'avoir le geste plus précis avant d'écrire sur du papier quadrillé), les buvards neufs, la distribution des plumes et tout ce qui concourt à créer cet univers de la classe des années 1950-1960, si bien photographié par Robert Doisneau.

Dans la cour bruyante pendant les récréations dominent les courses poursuites, les jeux de billes, les échanges de petits soldats sortis des sacs de café Mokarex.

Derrière un grand portail en bois à double battants on entend les cris de la cour des filles qui, elles, demeurent invisibles. Parfois, pour une raison inconnue, la serrure cède. Une immense clameur retentit alors. Les deux parties se font face sans qu'aucun(e) élève ne se risque à s'avancer dans le no man's land de quelques mètres qui sépare garçons et filles. Inhibition, sidération.

Pour ma part, si je ne comprends pas les raisons de cette séparation, je l'admets, comme une des bizarreries de ce monde extérieur au jardin d'enfants. Des fillettes, j'en côtoie villa Sadi-Carnot, puis à Santeuil.

Dans la villa règne sur la communauté des enfants la grande Muriel, de quelques années notre aînée. On joue à la marelle, à chat perché. Elle régente les jeux d'extérieur. Imbattable à la marelle, elle pousse du pied le palet avec adresse, quel que soit le tracé à la craie sur le sol pavé en pente de la villa Sadi-Carnot. Marelle à six cases, marelle escargot, marelle avion ; je fixe pour toujours dans ma mémoire ses mollets musclés et dorés. Sa robe se soulève un peu quand elle arrive à la partie « ciel » de la marelle avion et qu'elle effectue d'un seul saut un demi tour parfait, jambes mi-écartées, ou quand elle se penche pour saisir la boîte métallique ronde qui fait office de palet. J'entrevois furtivement un éclat de cuisse dont l'image fugace renforce la dévotion que je porte à cette grande organisatrice de jeux.

Dans cette école non mixte je suis frappé par l'apparence des maîtresses, tirées à quatre épingles, maquillées, hautaines en dehors de leur classe. Pendant les récréations qu'elles surveillent j'examine les traits de leur visage, leur silhouette . Ainsi apprêtées, si différentes de ma mère et de ses amies, elles m'impressionnent. Quelle conscience ont-elles de la manière dont les petits garçons les voient ? Savent-elles qu'ils les regardent comme des femmes ? Il y a bien des maîtres qui jouent de leur sifflet pendant la récréation pour séparer les bagarreurs. Rien de bien intéressant.

Je ne sais donner d'âge à madame G. notre maîtresse du cours préparatoire ; je manque de repères, elle me semble plus jeune que les maîtresses des cours supérieurs. Elle tient bien sa classe, nous intéresse. Quand elle déambule dans nos travées avec sa blouse impeccable, des effluves parfumés l'accompagnent, la suivent, troublent notre labeur. Passage tout à la fois redouté, attendu. Elle pointe les fautes, distribue parfois des compliments. Le travail bien fait est-il un moyen de nous rendre aimables, d'être remarqués ? Le sillage de son parfum évoque une sorte de promesse inintelligible.

Je surprendrais madame G. si elle devinait qu'elle m'offre à son insu un spectacle attendu.

Quelques minutes avant la fin de la journée rythmée par la pendule ronde au-dessus de la porte vitrée qui sépare notre classe de la salle voisine, elle s'approche du portemanteau et enlève sa blouse avant d'enfiler un vêtement de saison. Comme l'école est bien chauffée, enlever sa blouse libère ses bras nus. Rien d'autre n'aurait pu me distraire de ce moment où je vois apparaître ses bras satinés aux contours fermes. Elle déboutonne d'abord les larges boutons de sa blouse, puis laisse glisser le tissu sur ses épaules et ses bras qui apparaissent nus. Une nudité vivante dont le mouvement met en valeur le modelé. Elle suspend la blouse sur un cintre en décrochant le vêtement qui s'y trouve, met un bras dans une manche et relève l'autre dans un gracieux geste circulaire pour enfiler la seconde manche. Le ballet se termine par le boutonnage du manteau face à la classe. La sonnerie ne tarde pas à se faire entendre. L'excitation de la sortie me gagne, déborde l'envie que ce spectacle dure plus longtemps. L'odeur républicaine de l'eau de javel me ramène aux réalités quand nous parcourons en rang par deux les couloirs. De toute sa texture fruste le bois conserve l'odeur des énergiques aspersions quotidiennes.

Mais l'image, le parfum de madame G. se sont logés dans ce coin de mon esprit auquel je peux avoir accès quand je suis seul le soir dans mon lit. Là, je peux ralentir la scène tout mon saoul et la faire coïncider avec cette reptation ventrale si particulière dont j'ai appris le plaisir qu'elle suscite.

5 - Santeuil - La maison des Petits

Dans la cuisine où elle nous reçoit flotte une forte odeur de chien et d'urine. Celle de Diane, cette grande chienne marron clair qui immisce son museau dans la conversation ; elle n'est plus toute jeune. La cuisine, petite, surchauffée, communique de plain-pied avec l'allée qui vient du portail. On peut également entrer dans la maison par un escalier face sud. La maison est construite sur un terrain assez pentu. Sous la cuisine au rez de chaussée se tient une vaste salle carrelée en noir et blanc dont une large porte vitrée à deux battants donne accès au bas du terrain. Cette salle est équipée d'une cheminée qui devait permettre aux chasseurs de festoyer au retour des battues. Le mari de madame Laffitte est décédé. C'est elle qui nous reçoit. La maison est trop grande pour elle. Elle la vend.

La grande bâtisse en meulière plaît à mes parents. Je participe à cette dernière visite avant l'achat. Mme Laffitte parle de son passé avec son mari, de sa maison, de ses souvenirs. J'écoute tout en offrant à Diane quelques bouts du gâteau qui agrémente ce goûter d'affaire. La chienne prend délicatement, je me paye en caresses. J'aime les chiens; nous n'en avons pas. Je sens Mme Laffitte contente d'avoir trouvé des acheteurs comme mes parents. Elle évoque son prochain départ, sa tristesse de partir et son soulagement parce que la maison lui pèse à présent. Elle voit que je dorlote Diane.

Auprès de mes parents qui ont l'air si sérieux je représente l'avenir de cette maison. Ils ont dû lui parler du projet de ma mère : créer ici un petit centre de vacances pour enfants. Mme Laffitte imagine-t-elle l'animation joyeuse qui succédera à sa vie solitaire ? Je sens mes parents heureux de cette acquisition. Elle représente un tournant important dans leur vie avec de lourds crédits, des travaux, le tout pour un succès qui n'est pas certain. Mais ils l'entreprennent ensemble. Ils ont décidé de nommer « La maison des Petits » ce pavillon de chasse qu'ils vont transformer en colonie de vacances privée. Tous trois nous redescendons à pied jusqu'à la gare de Santeuil le Perchay. Un long chapitre déterminant s'ouvre pour moi entre l'âge de 6 et 16 ans.

Ma mère avait bien senti que son métier de « jardinière d'enfants » - c'est ainsi qu'on nommait les éducatrices s'occupant de jeunes enfants en dehors de l'école publique - n'avait plus d'avenir. Les écoles maternelles se développaient au détriment des jardins d'enfants privés.

Le projet de Santeuil consistait à créer un lieu de séjour pour les vacances scolaires uniquement. De nombreuses colonies de vacances se sont ouvertes à cette période.

Ma mère pouvait compter sur le bouche à oreille des parents qui lui avaient confié leurs enfants à Sadi-Carnot. Surtout elle pouvait, grâce à la colonie, élargir la tranche d'âge des enfants concernés et s'adresser à des enfants plus âgés que ceux fréquentant la maternelle. Elle recrutait principalement sa clientèle auprès d'une classe moyenne parisienne d'origine juive. Je n'en avais aucune idée car une totale laïcité régissait toute la vie quotidienne à la Maison des Petits.

La maison fut divisée en deux niveaux d'activités. Celui de la grande salle à manger près de la cuisine fut dédié aux trois six ans avec un ameublement ad hoc ; celui du bas aux plus grands de 7 à 12 ans.

Le dortoirs des petits se situait dans une grande pièce à l'étage, les plus grands dormaient dans des chambres de taille plus réduite et aussi sous les combles que mon père avait rapidement aménagés.

Agé de six ans lors de la création de la colonie je ne dors pas dans le dortoir des petits mais dans une chambre à côté, plus petite, qui comporte 5 lits.

Dès le premier été lors des siestes estivales obligatoires je mets au point une technique de masturbation dont je peux vérifier à chaque sieste l'efficacité. Elle s'inspire des séances de frottements à plat ventre inventées à Sadi-Carnot. Mais je suis sorti de la phase « pipi-caca ».

Je convoque des personnages qui peuvent être indifféremment des hommes ou des femmes. Ai-je vu des représentations de l'enfer ? Le sort que je fais subir à ces figures est cruel. Je suis un géant digne du Saturne de Goya. Mes victimes sont de petite taille et je peux les tenir dans mon poing par les jambes comme le cône d'un cornet de glace. Je les tiens par leur deux jambes serrées dans ma main géante, non pour les dévorer, mais pour les sucer dans un mouvement alternatif par lequel je les introduis dans ma bouche et les expulse lentement en appréciant le frottement qu'ils provoquent sur ma langue et mes lèvres. Ils sont mes prisonniers, mes esclaves, j'en dispose pour mon plaisir.

A la fin de ces séances imaginaires au cours desquelles je me tortille à plat ventre sur mon lit j'atteins un orgasme sans éjaculation qui provoque une détente attendue. J'apprends à le faire discrètement à la suite de quelques remarques des monitrices qui surveillent la sieste et qui s'étonnent de me voir m'agiter ainsi.

Très tôt un schéma s'est mis en place : l'autre comme objet, la conscience de la souffrance que je lui impose comme source de plaisir. J'invente une forme de masturbation qui s'appuie sur un plaisir oral imaginaire mais qui nécessite une stimulation génitale. Le fantasme se nourrit d'une forme de cannibalisme sadique. Dans mes jeux réels avec les autres enfants il n'y a pas de place pour cette fantasmagorie. Je n'aime pas me battre, faire mal, la maltraitance des animaux m'est insupportable.

D'instinct je sens qu'il ne faut parler de cette expérience ni avec mes pairs - je ne voyais aucun de mes camarades s'activer comme moi - ni avec les adultes ; mais je n'éprouve aucune culpabilité à pratiquer ce jeu que je découvre seul.

6 - Annie

Elle doit avoir six ou sept ans, moi huit, tout au plus. Dans mon souvenir elle se nomme Annie.

Une blondinette aux traits réguliers, charmants. Nous avons décidé de nous mettre en couple, de l'afficher. Nous acceptons le fait qu'on nous appelle « les amoureux » en nous montrant du doigt. Je suis fier de cette singularité, une sorte de privilège qui ne s'obtient pas si facilement. Les « fiançailles » sont rares à la colo. Dans les moqueries des autres je perçois bien l'envie qui se cache.

Le soir, dans le dortoir où elle dort, qui n'est pas le mien, avant l'extinction des lumières, sous l'œil amusé des monitrices, je me rends près de son lit, je lui prends la main et demeure près d'elle, assis sur le plancher, le dos appuyé contre son petit lit bas. Je n'ai rien à lui dire. Parfois j'apporte une fleur, un fruit, un bonbon. Je crois que ce sont les garçons qui offrent des cadeaux aux filles. Nous restons silencieux. Tout se concentre dans cette proximité qui m'enchante. J'éprouve une fierté de montrer que j'accède déjà à une modalité de la vie des adultes, même si je comprends par leurs regards amusés que je ne suis pas vraiment pris au sérieux dans mon imitation. Au moins impressionné-je les autres enfants.

Je suis au plus près d'elle, je ne connais pas d'autres moyens pour rendre plus intense cette proximité. Je peux contempler Annie à ma guise, sans que nous nous parlions, sans faire quoi que ce soit d'autre ; c'est un moment chaud et vivant.

Auparavant le plaisir ne naissait que par l'obtention des objets que j'avais convoités. Là, j'en découvre un nouveau, plus subtil, qui semble opposé au précédent, celui de donner. Une nage à contre courant. Plus que le plaisir de recevoir, c'est éprouver celui d'offrir, d'être attentif à l'autre, de satisfaire ses envies, de les devancer même. Cela me demande une sorte d'effort qui se transforme en chaleur irradiante quand l'autre remercie. De multiples transactions avec les copains de mon âge m'ont déjà enseigné le plaisir qu'on peut retirer de l'action de donner.

Avec Annie, c'est différent. La question c'est de trouver un moyen pour « se donner » l'un à l'autre. Et je me trouve assez démuni. Le plaisir que j'éprouve tient à son intérêt pour moi et aux privilèges qui en découlent, lui tenir la main, lui faire une bise, la regarder autant que je veux. J'imagine qu'il est réciproque. Je ne sais pas comment aller plus loin.

Au pied de son lit j'éprouve une sorte d'engourdissement béat. Pourtant je sens aussi la présence d'un petit rien imparfait, innommable et contradictoire. Comme si le fait d'être empli du sentiment d'aimer et d'être aimé provoquait un rien de trop-plein, un peu inconfortable...

Heureusement la monitrice estime que le bonsoir a suffisamment duré, que ce garçonnet qui reste dans la chambre des petites n'est plus tout à fait à sa place. Elle me pousse gentiment dehors. Je suis tout à la fois contrarié et soulagé.

7 - Une monitrice callipyge

C'est l'été, la sieste vient de commencer. Après l'agitation du repas tout devient calme, sauf dans la cuisine où l'on s'agite encore pour la vaisselle.

La salle à manger des petits à l'étage est séparée de la cuisine par un petit vestibule qu'on traverse dans sa largeur. Aux extrémités latérales on trouve une chambre dortoir - que nous appelons la chambre des Morhange (une fratrie de trois enfants qui l'occupe régulièrement) - et à l'autre bout monte l'escalier qui va à l'étage des dortoirs. Ce vestibule accueille au milieu la porte qui mène aux WC, le seul de la maison, pour lequel on fait souvent la queue. Heureusement il en existe un autre à l'extérieur. Au pied de l'escalier un large miroir permet à ceux qui attendent leur tour de remettre en ordre une mèche de cheveux.

Je traverse la salle à manger pour me rendre aux toilettes moins fréquentées à cette heure. Face au miroir, la monitrice des « petits » se regarde. J'observe cette jeune femme d'une vingtaine d'années dont l'attention est captée par sa propre image. J'appartiens au groupe des « moyens » et la connais peu.

Dans ma typologie de jeune garçon elle ne correspond pas à ce que je considère être une belle femme ; je trouve qu'elle n'est pas assez élancée, son visage ne m'émeut pas, mais je suis attiré par sa tenue, un corsage léger qui recouvre à peine un short de sport très court. A tel point qu'il découvre le début de la rondeur d'une fesse. Le pli qui sépare la cuisse de l'arrondi m'absorbe intensément. Je perds conscience du poids de mon regard quand tout à coup elle se retourne et dit, en remontant haut le côté droit de son short : « Tu veux voir mes fesses ? ». Son mouvement fait apparaître la peau blanche légèrement granuleuse d'un globe charnu qu'elle empoigne et malaxe devant moi. Un mélange de stupeur, de répulsion, de honte me saisit. Elle me considère, moqueuse, tandis que muet, mal à l'aise de je ne sais trop quoi, je disparais.

Je ne sais démêler distinctement les raisons de ma honte. Je sens bien qu'il y a quelque chose de répréhensible dans le fait de regarder quelqu'un à son insu. J'ai une vague conscience que ma curiosité vis-à-vis de la nudité féminine renforce l'aspect incorrect de mon regard ; curiosité démasquée. Le sourire de la jeune femme quand elle relève son short et me montre sa fesse me place tout à coup dans une grande chaîne dont je devine l'existence : celle de l'irrésistible attrait du regard des hommes pour le corps des femmes.

La monitrice s'amuse de voir un jeune garçon s'engager dans ce sillon. Son apostrophe m'indique une connaissance des hommes que je n'ai pas. Elle m'affuble d'une demande, voir ses deux fesses nues, dans laquelle je suis empêtré comme dans un vêtement trop grand. Elle sait cela. Au lieu de me dire : « Ce n'est pas bien d'observer les gens à leur insu » en neutralisant l'aspect sexuel de mon regard, l'invitation qu'elle me lance de voir ses fesses, impossible à accepter, m'indique l'existence d'un commerce pour lequel je ne suis pas prêt.

8 - Madame Isabelle

Madame Isabelle n'est pas là ! La directrice de la Maison des Petits est absente. Malade. Elle ne fait pas l'accueil des enfants en ce début du mois de juillet 1959.

C'est mon père qui assure les sessions d'été. Les parents sont un peu décontenancés car la Maison des Petits, avant tout, c'est elle ; une éducatrice reconnue, appréciée. Le bouche-à-oreille fonctionne et la petite colonie de vacances ne désemplit pas. Situé à moins de cinquante kilomètre de Paris, de telle sorte que les enfants peuvent recevoir des visites le week-end, le home d'enfants attire une clientèle qui apprécie son aspect familial. Effectif limité, cadre campagnard paisible sont ses attraits principaux. La maison se situe tout en haut du village de Santeuil, c'est la dernière. Au delà il n'y a que champs, hangars à foin et vaches placides.

Les parents participent à l'installation des enfants puis peu à peu quittent la maison. J'entraîne J.K. au fond du jardin, derrière le petit chalet qui accueille les enfants les plus grands. Je laisse enfin sortir les larmes que je retenais depuis le matin.

« Tu me jures que tu ne le diras à personne ? ». Il me regarde surpris, gêné par cette explosion de chagrin.

« Ma mère n'est pas malade, elle est morte. ». Je lui explique le voyage en Corse, en voiture, ce mois de Juin, avec mon père, ma mère, et Willy, un ami, le camping sauvage et la noyade de ma mère sur cette plage de Casaglione en Corse.

« Il ne faut le dire à personne », insisté-je. Mon père redoute que le décès de ma mère détourne les familles de la Maison des Petits. Avant d'annoncer officiellement sa mort, il doit faire ses preuves cet été, montrer qu'il a la capacité de continuer à faire tourner la colonie. J.K. ne dit mot. Je sens qu'il est touché. Il aimait bien ma mère. Mais que me dire ?

Elle est morte. Et je dois faire semblant qu'elle ne l'est pas. Tenir l'été …

Le secret génère une alliance particulière entre lui et moi.

Le mensonge me met à l'abri de la compassion des adultes. Il participe à la construction d'un blindage qui renferme mes émotions. Je suis happé, anesthésié par l'organisation des activités et des jeux de la colonie.

Mon père gagne son pari. Les sessions de juillet et août se déroulent au mieux. Il a bien choisi son encadrement. Les enfants s'amusent bien ; ils reviendront. Mon père gagne ses galons de directeur. Ainsi les dettes contractées pour mettre le bâtiment en conformité pourront être remboursées. Mon père dirigera la Maison des Petits jusque dans les années 65. Il fermera la colonie quand d'autres travaux seront exigés afin de satisfaire de nouvelles normes d'hébergement qui réduiraient la capacité d'accueil.

Quand je reviens à Paris avec lui en septembre 1959 je dois affronter l'impensable; l'absence de ma mère.

Du temps où elle dirigeait la Maison des Petits qu'elle avait créée, j'étais son fils et un enfant parmi tous les autres. Cette situation m'embarrassait quelquefois quand je devais la nommer. Les autres enfants l'appelaient « Madame Isabelle ». Quand je parlais d'elle à l'un d'entre eux, je ne disais pas « Maman », ni « ma mère », mais également « Madame Isabelle ». Le « madame » créait la distance jugée nécessaire pour atténuer ma singularité. C'était un jeu de langage, dont j'appréciais l'inauthenticité comme un jeu. C'est vrai que la séparation des tout petits d'avec leurs parents était parfois difficile. Je ne devais pas faire montre du privilège que j'avais, celui de passer toutes mes vacances auprès de ma mère.

Il y avait bien quelques moments de douceur privée plutôt le soir après dîner quand j'entrais dans son bureau où elle travaillait. Cette pièce rectangulaire comportait en angle droit deux côtés complètement vitrés à mi-hauteur qui la rendaient particulièrement lumineuse. De grands rideaux écrus adoucissaient la forte lumière venant du Sud. Son lit, dont j'aimais le couvre lit en coton épais et serré aux motifs fleuris, se tenait sous les fenêtres du petit côté Est. L'été, au jour couchant, la chambre avait emmagasiné de la chaleur. La lumière orangée déclinante, les cris éloignés des enfants qui jouaient dehors, tout cela créait une atmosphère propice à des retrouvailles. Je quémandais une caresse, un contact, un enlacement. Bref. Je la retrouvais telle qu'à Paris, villa Sadi-Carnot.

A Paris, je l'appelai « maman ». Ça collait parfaitement. Ça remplissait la bouche. Une évidence. C'était elle. J'avais ma maman. Elle était mienne. Je vivais pleinement cette relation entre une mère, une femme, et son petit garçon. J'étais comblé sans même le savoir. Ça débordait. Je lui trouvais des surnoms pour mieux me l'approprier encore. Avions-nous parlé un jour des mères poules ? Je lui trouvais un nom fameux : « Mamichou cot codec » que je gloussais en me serrant contre elle. Mon père, quand il me parlait d'elle, disait aussi « maman ». « Va voir maman ; demande à maman ». Ce n'est que lorsque les adultes parlaient entre eux que je captais le prénom de ma mère : « Bella », dont les sonorités m'enchantaient. C'est par ce prénom que mon père l'appelait et parlait d'elle. J'ai pu imaginer le plaisir de mon père de nommer son amoureuse « Bella ». J'ai compris cela bien après la mort de ma mère en regardant des photos de mes parents d'avant ma naissance.

Bella, c'était son nom français. Une adaptation de Bajla qui se prononce Baïla en polonais.
D'où vient ce prénom ? Certainement de Bayla d'origine juive. En France personne n'utilisait la diphtongue qu'introduisait le ï. C'était Bella, la belle, avec deux L, alors qu'en polonais – quand ses sœurs ou ses frères lui écrivaient - un seul L suffisait. Mon père prononçait son nom à la française. Et pour les enfants, c'était madame Isabelle.

Après sa mort, le « maman » s'est désagrégé. Son nom de femme mariée gravé sur la vilaine tombe de Bagneux, les divers documents d'état civil, tous ces écrits ont recouvert de leur graphie sévère le « maman » sonore. Le corps à nommer avait disparu. Dire « maman » devenait impossible. Sur l'acte de décès apparut un deuxième prénom, le premier en fait sur son acte de naissance : Estera (Esther). Le prénom que lui avaient donné mes grands parents que je n'avais jamais connus.

Sur le grand cordon de la transmission je suis donc Jean, Alexis, fils d'Estera, Bajla Tygiel et de Josef Pacholder. Jean, qui se dit Jan ou Janek en polonais. Alexis renvoyant au prénom Alexandre de mon grand père paternel.

Le « maman » était donc devenu imprononçable. Quand je devins père, mes filles adoptèrent le « maman » pour nommer leur mère. Bien évidemment, je ne jouais pas de ce jeu qui aurait consisté à appeler ainsi ma compagne que je nommais par son prénom ; ce qu'elle faisait également pour moi. Je savais d'avance que quelque chose ne passerait pas si j'avais dit « maman ». Peu à peu mes filles ont délaissé le « maman »... Quelque chose d'inavoué flottait autour de ce mot. Sans doute ai-je privé mes filles de cette plénitude que j'avais connue, celle d'utiliser un nom qui unit comme les deux faces d'une réalité une appellation et une fonction et dont la sonorité est si douce à l'oreille. Aujourd'hui encore, le « maman » est un mot « inutile » pour moi. Quand j'entends des adultes l'utiliser à propos de leur mère, je ne peux m'empêcher de penser qu'ils sont demeurés un peu infantiles, ils m'agacent. Ma mère au seuil de mon adolescence m'aurait-elle encouragé à l'appeler Bella ? Il me plaît de l'imaginer.

J'allais atteindre mon dixième anniversaire lors de son décès accidentel. Ce que conserve ma mémoire de mes dix premières années me paraît bien mince. A l'inverse, ma compréhension des séquelles de cette disparition n'a cessé de grandir, une réflexion nourrie par mes histoires d'amour, l'écriture et l'analyse.

Alors que j'étais au cours préparatoire, seuil de la maîtrise de la lecture et de l'écriture, j'ai reçu mes premières lettres d'elle. J'avais six ans. Pendant les vacances de Pâques du printemps 1956 elle s'était absentée dix jours pour suivre la formation dispensée par les CEMEA (Centre d'éducation aux méthodes éducatives actives) afin d'obtenir un diplôme français l'autorisant à diriger une colonie de vacances. J'avais laissé éclater la frustration que provoquait son absence en « attrapant » les oreillons. Pas de chance pour mon père d'avoir sur les bras un gamin désespéré et malade. Arrivèrent alors ces enveloppes sur lesquelles figuraient mon nom et mon prénom tracés avec des lettres exagérément arrondies, bien séparées les unes des autres de telle sorte que je puisse facilement les identifier. A l'intérieur je déchiffrai l'en tête : « Mon grand chéri » … Elle n'était pas là, mais quelque chose d'elle me parvenait. Elle me demandait de lui écrire, elle annonçait le jour de son retour, elle signait « maman ». J'avais ce papier entre les mains, cette enveloppe oblitérée avec une date et un lieu qui attestaient d'une absence et d'une présence. Elle n'était pas là mais elle pensait à moi et m'envoyait des signes de tendresse. Pas un vrai baiser, mais des lettres qui formaient le mot baiser et dont la lecture déclenchait une émotion nouvelle liée au souvenir. Présence du mot et absence du corps. Plein et vide. Une magie. De ce jour, je succombai irrévocablement au charme puissant des mots écrits.

J'ai adoré être dans les jupes de ma mère. Elle en avait toute une collection dans la grande penderie intégrée dans un mur de sa chambre. Surtout des jupes d'été qu'elle choisissait de couleurs vives et gaies. Sur une photo à Santeuil, elle est adossée au mur de l'escalier extérieur qui mène à son bureau. Nombre de photos ont été prises à cet endroit qui permet pour les photographiés de s'asseoir comme sur des gradins.

Elle porte un corsage blanc à manches courtes et une large jupe très évasée en coton imprimé. En sandale,

46

jambes nues, la tête inclinée vers moi qui lui arrive à l'épaule, elle me regarde, m'accueille contre elle et dérobe son regard au photographe. Dans ma salopette short à carreaux, douillettement appuyé sur elle, j'esquisse un sourire et regarde fièrement celui qui nous fait poser ainsi.

Je me souviens de cette demande de contact, de ce besoin d'être près d'elle. Quand je rentrais des leçons de piano où je me rendais seul, je la retrouvais souvent dans sa chambre, à l'étage, allongée, un livre à la main. L'occasion de me glisser contre elle, de lui raconter ce que j'avais fait, d'être cajolé encore.

A l'aube de mes dix ans, elle approchait la cinquantaine. Je n'ai pas eu le temps de prendre conscience de cet automne qui commençait pour elle. Ce n'est que bien plus tard en regardant ses dernières photos que j'ai réalisé l'âge qu'elle avait, décelant parfois dans son regard une certaine lassitude qui m'avait échappé.

Sa disparition brutale m'a privé d'une mère idéale qui ne m'a pas laissé le temps de me détacher d'elle, de m'opposer à elle, de percevoir ses défauts, de la voir vieillir. Au contraire, tous les témoignages qui m'arrivaient dressaient le portrait d'une femme d'exception, originale, douée d'une grande écoute, généreuse. Chaque louange approfondissait le cratère du manque.

D'elle je ne connaissais pas grand chose d'autre que ce bien être que j'éprouvais en sa présence. Après sa disparition je n'eus pas une grande curiosité d'en savoir davantage. Tout ce qu'on aurait pu m'en dire ne la ressusciterait pas et soulignerait son absence. Je parlais peu d'elle, je construisais une citadelle d'insensibilité. Je cachais un chagrin immense. Il me semblait que le dire n'y ferait rien. Ce silence inquiéta mon père. Un rendez-vous fut pris auprès d'une psychologue qui me questionna et me fit faire un dessin. Je dessinais une scène dans laquelle s'activait une bande de petits nains bleus, des Schtroumpfs, ces petits personnages qui commençaient leur brillante carrière dans l'univers de la bande dessinée. Le diagnostic qui découla de cet entretien fut clair, j'allais parfaitement bien.

J'étais sans le savoir dans un grand brouillard. Mes résultats scolaires s'en ressentirent ; j'avais beaucoup moins de goût pour l'école et découvris qu'il était possible de s'en dispenser. Au CM2 je fis parfois l'école buissonnière et m'aperçus qu'on pouvait le dissimuler. Une partie du pouvoir des adultes s'effritait, ils ne pouvaient tout savoir. En peu de temps, j'appris le mensonge par omission, le mensonge tout court et le vol.

Mon père ne me donnait pas d'argent de poche. Il accédait à mes demandes quand elle lui semblaient raisonnables.Le remboursement de l'emprunt pour Santeuil pesait sur le budget familial. Chaque dépense comptait. Nous vivions chichement. Je commençais à prendre de menues sommes d'argent dans les sacs des femmes de ma famille, une cousine que nous appelions tante Lola, ma tante Stéfa, puis à des copains de classe, dans les vestiaires des stades qu'on fréquentait.

Vers quatorze quinze ans, je pris davantage conscience de la grave détérioration de l'image de moi qui en résulterait si j'étais surpris en flagrant délit. Il m'apparut que je ne pouvais m'assumer « voleur ». Ces pratiques m'apparurent détestables et je les cessai net.

Quelle chance ai-je eu de n'être jamais pris la main dans le sac. J'échappai à un grand danger.

Ma tante Stéfa, aînée de quatre ans de ma mère, se rendit compte que ma solitude à Sadi-Carnot posait problème. J'étais livré à moi-même pendant les longs horaires de travail de mon père. Ma tante proposa à mon père de m'héberger du lundi soir au jeudi soir. Elle me proposait un second foyer. J'appréciais particulièrement Jacques, son mari. Cultivé, mélomane, grand joueur d'échec, son humour et sa finesse me séduisaient. Il aimait écrire et m'encourageait pour mes rédactions. Il m'accueillit généreusement. De la classe de 6ème jusqu'à la classe de première, Stéfa m'hébergea.

Stéfa aimait les photos et se voir en photo. Toute sa vie elle collectionna les images d'elle même. Ce goût remontait à sa jeunesse polonaise. Elle affectionnait de prendre des poses inspirées par le jeu des actrices de cinéma, la plus admirée étant Greta Garbo. Sur ces photos elle apparaissait différente de ce qu'elle était dans sa vie quotidienne. Elle devenait probablement ce qu'elle aurait aimé être en échappant à sa modeste condition d'institutrice ; une artiste, une dame de la « belle » société.

Elle possédait un grand nombre de photos d'avant-guerre et avait de surcroît récupéré celles de ma mère auxquelles mon père ne tenait pas particulièrement.

De nombreuses fois elle tenta de m'intéresser à ces images d'un monde disparu. Je freinais des quatre fers et marquais peu d'intérêt pour ces plongées dans le passé.

Cette résistance m'apparaissait comme nécessaire sans que j'en comprisse les vraies raisons. La première

49

était que je n'avais pas envie de voir ma mère en photo. Ces clichés d'elle, en noir et blanc surlignaient son absence. Certes j'avais une petite curiosité pour les photos de sa jeunesse polonaise, ou celles qui évoquaient l'installation de son premier jardin d'enfants à Orsay, près de Paris. En même temps ce qui me bloquait c'était de découvrir toute cette famille dont elle ne m'avait jamais parlé. Tout d'un coup, de ces boites en carton, surgissaient Renia, sa sœur cadette, Beniek et David ses deux jeunes frères, ses parents (Jankiel mon grand père, Haja ma grand mère), ses cousins, ses amis, ses amants.

Bien que j'eusse presque dix ans lors de sa disparition, elle ne m'avait parlé de rien. Surtout pas de cette petite sœur Renia, ni de ses deux jeunes frères, Beniek et David. Sur des photos prises à Varsovie tous trois apparaissent comme des jeunes gens souriants, en tenues élégantes de citadins. Parfaitement intégrés, ils avaient « polonisés » leur prénom juif. Eux aussi étaient morts. A quoi bon les regarder ? En quoi me concernaient-ils ?

Au seuil de mes dix ans ni mon père ni ma mère ne m'avaient parlé de leur autre vie d' avant le grand fossé de la guerre.

Ma mère était muette sur son passé. Il m'a fallu de longues années pour que je comprenne que cette histoire me concernait. A l'age de cinquante huit ans, lors de mon premier voyage en Israël où j'avais enfin décidé d'aller pour tourner un film relatif à la transmission de la judéité dans ma famille, je rencontrai pour l'interviewer Wladek, un cousin survivant du ghetto de Varsovie, que j'avais vu déjà plusieurs fois en France. J'avais apporté avec moi presque toutes les photos de Renia dont je disposais. Sur certaines on voyait Wladek, enfant, en train de jouer avec Renia plus âgée que lui. Une relation forte s'était établie entre eux.

Lors de l'interview, je repris une des phrases du livre (« *La dernière pousse* ») qu'il avait consacré à son enfance, au ghetto, au miracle de sa survie et dans laquelle il disait sa déception de ne pouvoir parler de Renia à ma mère après la guerre. Elle ne le voulait pas, rapportait-il. Cette phrase m'avait beaucoup intrigué. Pourquoi ne voulait-elle pas ? Quel secret de famille se dissimulait là ? Je me fourvoyais à la hauteur de mon ignorance. Ce n'est pas qu'elle ne voulait pas. C'était insurmontable d'évoquer cette jeune sœur, belle et brillante, ainsi que ses frères disparus.

Plus de soixante ans après sa disparition, Renia devenait pour moi une sœur de ma mère, une tante fantomatique, à laquelle j'étais enfin relié. Des larmes bienfaisantes achevèrent de briser le sceau du silence. Je pleurais une relation qui n'avait pas existé, des personnes que je n'avais pas connues. Je m'intégrais dans une histoire.

Parfois, quand mes parents voulaient ne pas se faire comprendre de moi en ma présence, ils échangeaient quelques phrases en yiddish. J'étais vexé, mais j'admettais le fait que des adultes pouvaient souhaiter échanger des informations, me concernant ou non, sans que je les comprenne, d'autant qu'ils n'en abusaient pas. Il me vient le regret aujourd'hui qu'ils n'aient pas davantage parlé cette langue entre eux. Peut-être aurais-je eu envie de l'apprendre. Tous deux parlaient parfaitement le français, quasiment sans accent. Ils avaient suivi des cours du soir et le maîtrisaient également à l'écrit. A aucun moment ma mère, qui parlait également parfaitement le polonais, n'a souhaité me le transmettre.

51

Elle ne le considérait pas comme une richesse ou un legs important. Seule comptait mon éducation française. La volonté de rupture avec le monde de sa jeunesse représentait le fil rouge de mon éducation.

Bella et mon Josef croyaient en l'avènement d'un homme nouveau, dont je serais un des représentants. Un nouveau bourgeon, dont la francité totale lui garantirait d'échapper à toutes les vicissitudes qu'ils avaient connues. Sans éducation religieuse, sans connaître le passé (au moins jusqu'à dix ans), sans apprentissage de la langue maternelle, j'étais une plante hors sol, dont ils devaient se féliciter entre eux du développement. Culturellement je devais être très différent des enfants qu'ils avaient été, et des autres enfants qu'ils avaient connus. Sans doute ne pouvaient-ils pas appréhender toutes les conséquences d'un tel projet. Sa conception même racontait l'intensité des souffrances qu'ils avaient vécues, la première étant certainement d'être nés juifs dans un pays bien connu pour son antisémitisme. Ce n'était pas seulement ce racisme qu'ils voulaient m'épargner, mais les contraintes d'une religion juive qu'ils jugeaient arriérée dans les principes qui réglaient la vie quotidienne. Chez nous, il n'y eut jamais de shabbat, ni aucune cérémonie qui aurait pu se rattacher à une culture juive. Leur credo était simple : l'assimilation. Ils avaient jeté aux orties leurs racines. L'idée même qu'ils pouvaient me priver d'une partie importante de ce qui permet à un individu de se constituer n'a pas dû les effleurer.

Ma tante Stéfa pensait différemment. Dès que je me mis à habiter chez elle, elle fit tout son possible pour m'intéresser à la langue polonaise. Après la guerre, elle avait fait le choix de rester en France, comme ma mère dans les années 30. Elle avait épousé un Français qui revenait de quatre années de captivité. Ce mari français lui permettait d'accéder au statut social qu'elle enviait. Sa naturalisation par mariage ne gomma pas son attachement à la Pologne. Elle croyait en une Pologne nouvelle délivrée des démons antisémites, plus juste aussi grâce à l'instauration du communisme. Nombre de ses amis de jeunesse participaient aux gouvernements.

Par dessus tout elle restait attachée à la langue. A Varsovie, elle avait fait des études littéraires pour devenir institutrice, métier qu'elle exerça en Pologne avant la guerre. A Paris elle s'occupait de la bibliothèque polonaise et dispensait des cours de polonais aux enfants nés en France de parents polonais. Sans doute blâmait-elle ma mère de ne pas avoir cherché à me transmettre le polonais. Aussi s'attaqua-t-elle à ce chantier. Puisqu'elle avait réussi à apprendre le polonais à nombre d'enfants, le fait même de m'avoir à sa disposition devait rendre encore plus facile ce projet. Elle sous-estimait largement ma résistance et mon peu d'intérêt pour cette entreprise. Après plusieurs tentatives, elle se découragea. A cette époque je pensais avoir déjà suffisamment à faire avec le travail de classe pour ne pas souhaiter ajouter une matière supplémentaire. Car c'est ainsi que je considérais cet apprentissage. Le formatage de mes parents fonctionnait parfaitement. Je ne voyais aucune raison valable de parler polonais. Les séjours en colonie de vacances en Pologne que ma tante organisait pour ses élèves comptaient peu comparés à ceux de Santeuil, fertiles en émotions amoureuses. Jamais je n'acceptai de partir.

Finalement, le manuel riche en dessins colorés que ma tante avait rapporté de l'école disparut. De ce livre, je ne me souviens que d'un seul mot, « Lis », le renard. Sans doute à cause de son magnifique pelage roux, de sa queue touffue, de la vie que le dessin lui octroyait.

Vers quinze seize ans, je devins plus sensible à son désir de me parler de la vie d'avant-guerre. Un début de curiosité m'attirait vers les photos de ma mère jeune. J'avais davantage admis que si je voulais en savoir davantage sur elle, c'est par ma tante que je l'apprendrais.

J'étais troublé par toutes ces personnes autour de Bella sur les photos, par toute cette existence avant ma naissance, que ce soit en Pologne ou en France. Petit à petit, certains visages me devenaient familiers.

Un album constitué m'intriguait. En épais carton marron, ses feuillets étaient rassemblés par un lacet de la même couleur. Un morceau de tissu collé sur la page de couverture représentait une pagode au fond d'un jardin. Les deux tiers des photos de cet album montraient ma mère en compagnie d'un Chinois. Il portait des lunettes rondes, arborait un large sourire. Dans le fatras des documents dont j'ai hérité de ma tante, j'ai retrouvé une enveloppe vide en papier très fin, réservée à la poste par avion, avec l'écriture de ma mère. Elle était adressée à un certain monsieur Han Lo Jan à Chung-King (c'est comme ça qu'on l'écrivait à l'époque) en Chine. J'en ai déduit que le Chinois de l'album, c'était lui.

Ballade chinoise

- Alors qui c'est Han Lo Jan ?
- Mon amoureux chinois.
- Tu as eu un amoureux chinois ?
- Tu le vois bien sur les photos.

- *Tu l'as connu où ?*
- *En France, à Paris.*
- *Qu'est-ce qu'il faisait là ?*
- *Des études de cartographie.*
- *Tu as l'air drôlement amoureuse sur les photos.*
- *Oui, comme je ne l'avais jamais été auparavant. On s'entendait bien. On était tous les deux des étrangers à Paris. Ça créait une complicité entre nous. Il connaissait bien la culture française. Il parlait impeccablement le français, mais il avait tout de même un petit accent que j'aimais bien. Il avait appris à le parler en Chine dès son enfance. Il était issu d'une famille riche. Ils étaient quatre frères.*
- *Vous vous êtes rencontrés où ?*
- *A l'Alliance Française. Il y avait un spectacle. Il était à côté de moi.*
- *Et alors ?*
- *Et alors quoi ? Tu sais, les rencontres se font quand elles doivent se faire. J'avais le livre « l'Annonciatrice» de Romain Rolland sous le bras. Malgré sa grand politesse il n'a pu s'empêcher de me demander ce que j'en pensais car il avait déjà lu « L'âme enchantée » en entier. Tu connais ?*
- *Je n'ai lu que « Jean-Christophe » quand j'étais ado. Les trois tomes étaient chez Denise, ton amie qui adorait Romain Rolland. Et alors, que s'est-il passé avec Han Lo Jan ?*
- *Je pense qu'il n'y avait pas que le livre qui l'intéressait. Après le spectacle il m'a proposé d'aller dans un café. Il m'a parlé de sa vie en France si différente de sa vie en Chine. Il m'a demandé pourquoi je suivais des cours à l'Alliance. Il avait vraiment du charme, un petit exotisme*

attirant. A cette époque j'étais disponible. Thierry était reparti au Danemark.

- C'est qui Thierry ?

- Ca n'a pas d'importance.

- Mais si, dis moi !

- Mais, non. Tu sais, je suis venue seule en France. J'avais un peu plus de 20 ans. Libre, sans mes parents sur le dos ! Mes parents étaient des Juifs pieux ; ils ne concevaient l'amour que dans le mariage. J'ai profité à Paris de cette belle liberté.

- Tu avais quel âge quand tu as connu Han Lo Jan ?

- C'était en 1937 ; 29 ans. Il était un peu plus âgé.

- Vous avez pensé vous marier ?

- Tu sais, à cette époque, je n'étais pas pressée de me marier, de fonder une famille comme on dit. J'aimais beaucoup être avec lui, sortir. Je pensais que j'avais du temps devant moi. Pour lui, c'était un peu différent. Il me parlait de m'inviter en Chine, de me présenter à ses parents. En même temps il était embêté. Je pense qu'il percevait bien que je n'avais pas trop envie de vivre en Chine alors que lui prévoyait d'y retourner. Je ne sais pas comment tout ça aurait pu finir si nous avions été vraiment face à un choix à faire. Peut-être l'aurais-je suivi, malgré tout. On s'aimait vraiment beaucoup.

- J'aurais pu naître Chinois !

- Non, ça n'aurait pas été toi. Tu n'aurais pas été mon petit rouquin. Tu aurais eu les yeux bridés. Ou tu n'aurais pas été du tout. Mais nous n'avons rien décidé. Il a été rappelé pour combattre l'invasion japonaise.

- Oui, j'ai vu les photos où il est en uniforme. On le voit en casque, il porte un étui à jumelles, et un appareil photo.

- Ce sont les dernières photos que j'ai reçues. J'ai eu beau écrire, plus rien. Plus de nouvelles. C'était terrible. J'ai même eu cette idée idiote de partir le chercher. Ça n'avait aucun sens. C'était d'ailleurs tout à fait impossible, c'était la guerre ! J'ai longtemps espéré recevoir une lettre m'annonçant qu'il était en vie, qu'il allait revenir... J'ai beaucoup rêvé de lui. En fait, je suis sûre qu'il est mort tôt. Officiellement je n'étais rien pour lui; personne ne m'a donc contactée depuis la Chine. Je n'ai jamais su ce qui s'est passé.
- Dur.
- Oui. Dur comme la guerre. La guerre avec toute ses horreurs. Et moi qui me croyais à l'abri en France.

Comment ma mère a-t-elle pu transporter, conserver les photos de Han Lo Jan, les lettres de Thierry, pendant toute la durée de la guerre ? Les photos étaient-elles déjà collées dans cet album, ou les a-t-elle rassemblées avec beaucoup de nostalgie après ? Jamais elle ne me les a montrées.

En mettant bout à bout les informations données par ma tante Stéfa, et surtout celles que mon cousin Wladek m'a rapportées dans le cadre d'une cor--respondance, j'ai pu à la fin des années 1990 identifier les membres essentiels de ma famille du côté maternel avant la guerre. Auparavant j'étais incapable de garder en mémoire les noms des disparus et d'établir les liens de parenté. Je me contentais d'un flou protecteur. Tant que je n'avais pas écrit leur nom, ils n'existaient pas. Garder une distance fut mon credo pendant de longues années.

Wladek – grâce à son père – put s'évader du ghetto fin 1942. Son frère Watsek s'échappa avant l'in--surrection et la destruction en avril 1943. Ils furent les seuls survivants avec ma cousine Irène de la branche maternelle restée en Pologne au début de la guerre.

En 1947 Wladek rencontra pour la première fois à Paris Bella, cette cousine qui avait émigré en France dans les années 30, dont il avait beaucoup entendu parler. « C'était la première fois de ma vie quand j'ai vu ta mère qui était ma cousine germaine Bella. (…) Bella était une femme très intelligente et jolie », m'écrivit-il dans les lettres qu'il aimait m'envoyer pour maintenir un lien et pour pratiquer le français.

Dans les années qui suivirent la guerre l'Agence Juive se préoccupait du sort des orphelins juifs. Son objectif consistait à en envoyer le plus grand nombre en Israël pour accroître le nombre de Juifs en Palestine. En cette même année 1947 Wladek fut conduit en Israël dans un kibboutz par le biais de l'Agence.

Pour son voyage de noce en 1956, il choisit de montrer Paris à sa jeune épouse Lina. Il demanda à Bella si nous pourrions l'héberger. Ils séjournèrent dans ma chambre, je dormis dans celle de ma mère. De ses courts séjours en France Wladek conserva une passion pour la langue française, une manière pour lui de conserver un lien avec la vieille Europe, celle de ses parents.

Son émigration en Israël n'était pas son premier choix. Il s'efforça toute sa vie d'améliorer son français à l'oral comme à l'écrit et suivit des cours. J'eus la chance d'être un interlocuteur possible. Notre correspondance fut nourrie par les souvenirs qu'il souhaitait évoquer afin que ne sombrent pas dans l'oubli tous ceux qui avaient été exterminés.

Mes grands-parents, Jankiel et Haja moururent du typhus dans le petit ghetto de Varsovie au début de 1942.

Bella apprit leur décès par les rares cartes envoyées par Renia et Beniek – la sœur cadette et le frère cadet de Bella – que l'administration allemande laissait encore circuler entre la Pologne et la France.

Wladek me précisa par la suite que mes grands-parents furent parmi les derniers à bénéficier encore d'un enterrement « normal ». Renia et son mari Elek, David (le petit frère de Bella), Beniek et son épouse Loda, leur jeune fils Marek, les parents de Wladek, et bien d'autres que je ne connais pas, mais que Wladek cite dans son livre, tous disparurent au camp d'extermination de Treblinka qui recevait les convois en provenance du ghetto.

Ballade de Gdansk

- Tu n'es jamais retournée en Pologne après la guerre comme Stéfa ?
- Non, jamais. Pour voir qui ? Il n'y avait plus personne. Pour voir quoi ? L'endroit où nous habitions n'existait plus. Ma dernière visite, où j'ai revu les parents, c'était à l'automne 1938 à Gdansk. J''étais recherchée à cause de mon appartenance au parti communiste. Alors je ne suis pas allée à Varsovie, c'était trop dangereux. On s'est donné rendez vous à Gdansk (Dantzig) qui était une ville libre. C'est ma dernière rencontre avec les parents.
- Oui, j'ai vu cette belle photo de famille où vous êtes devant la Baltique. Vous êtes tous très élégants, le chapeau est de rigueur. Il n'a pas l'air de faire très chaud. De gauche à droite il y a ta mère et ton père – mes grands-parents que je n'ai jamais vus – toi, David, qui te dépasse d'une bonne tête, Stéfa, Loda, la femme de Beniek et lui. Les femmes portent toutes des gants. Haja,

ta mère serre contre elle son sac à main, ton père porte une sorte de chapeau melon, et toi, un chapeau très masculin. Celui de Stéfa est orné d'un ruban, mais le plus chic, c'est celui de Loda avec un très large ruban et une plume. Elle le porte crânement, très incliné, elle donne le bras à Stéfa et à Beniek. Tout le monde sourit. Mais Renia n'y est pas, où était elle ?

- *Avec son fiancé, Elek. Elle n'était pas disponible pour cette virée à Gdansk.*

- *J'aime beaucoup la photo où tu poses seulement avec David. Il est plus grand que toi, mais il est tout jeune. Un grand ado. Il te ressemble un peu. Il a l'air un peu intimidé d'avoir sa grande sœur à son bras.*

- *Ne me parle pas de David, s'il te plaît.*

- *Pardon…Tu sais que j'ai retrouvé ta carte d'identité de 1944 ? Celle où tu t'appelles Denise Isabelle Schmitt et où tu habites Le Ségur dans le Tarn.*

- *Quelle folie, cette histoire ! Figure toi qu'on avait les mêmes papiers d'identité, ma copine Denise et moi. La photo mise à part, j'avais son identité. Si jamais on avait été raflées ensemble, on était cuites. On était vraiment inconscientes. C'est drôle de dire que nous avons vécu de beaux moments ensemble pendant la guerre dans cette maison des Amandiers dans le Var.*

- *Un photographe de rue vous a prises en photo à Toulouse, toi et Stéfa sur un boulevard. Deux belles femmes côte à côte, et clic !*

- *Oui, et Stéfa a voulu récupérer la photo, bien sûr !*

- *Il y a une autre photo de toi, prise dans la rue, qui est très importante pour moi. Fondatrice, même.*

- *Je crois que je devine...*

- *Celle avec Joseph. La photo 220 254 … Mais sans date. Tu l'as rencontré quand Joseph ?*

- En 1947. La photo date de cette année.
- Vous êtes super tous les deux. Je reconnais bien l'attitude de Joseph. Très droit, mais pas raide, la cigarette à la bouche, des lunettes de soleil. Viril. C'est marrant, il porte un short long et marche en sandales avec de grandes chaussettes blanches qui lui montent presque jusqu'aux genoux. Toi, tu marches à ses côtés, très près de lui, les bras chargés de petits paquets. Tu souris au photographe, avec la pleine conscience qu'il immortalise votre couple.

Je suis donc né de ces deux-là. Leur mariage date du mois d'avril 1949. Trois mois plus tard, je naissais. Mon père a tenu pendant quelques mois le journal de mes débuts dans la vie dans lequel il note mes progrès et la douce attitude de ma mère à mon égard. Quand je l'ai lu, tardivement, au décès de mon père en 1992, quelques réflexions formulées à propos de Bella m'ont fait comprendre qu'une faille menaçait déjà leur couple. Bien sûr, au cours de mes premières années, je n'ai rien ressenti de cela. Mais à Santeuil, j'ai le souvenir de fortes disputes.

A la maison, j'aimais beaucoup observer ma mère dans la cuisine. Le local minuscule jouxtait la salle à manger. Une sorte de couloir où il était difficile de se croiser. En son centre contre un mur trônait un réchaud à gaz dont les deux feux surmontaient un four. Je regardais comment elle faisait cuire le riz pilaf ou à l'eau, la confection des gâteaux quatre quarts, etc... Quand elle s'activait dans ce lieu où elle préparait les repas pour nous trois, je ressentais le lien qui nous faisait exister comme famille. J'éprouvais un sentiment de sécurité. Ce qui m'intéressait le plus, je crois, c'est quand elle

61

préparait des plats juifs polonais que je n'identifiais pas comme tels. De temps en temps mon père rapportait d'une énigmatique rue des Rosiers un énorme poisson. La préparation de la carpe farcie avec son bouillon et ses boulettes nécessitaient d'utiliser du pain azyme. La préparation créait dans la cuisine une ambiance particulière. Mon père ouvrait le poisson, ma mère préparait les boulettes. Quand à table mon père s'arrogeait en riant la tête de la carpe que ni ma mère ni moi ne désirions manger, il se rejouait là quelque chose d'incompréhensible pour moi. Préparer ce repas provoquait entre eux une étonnante complicité dans laquelle je tentais de m'immiscer, sans trop comprendre d'où provenait leur plaisir.

A table je posais des questions sur la provenance de ce drôle de pain azyme. Ce pain constitué de fines tablettes croustillantes emballées dans des boites en carton me fascinait. On me racontait son histoire qui parlait d'un peuple juif, il y a très longtemps, confronté à la difficile fabrication du pain pendant la longue traversée du désert qui avait suivi un exode. Ces discussions autour de la table me permirent par bribes d'en apprendre un peu sur une communauté que mes parents me présentèrent comme celle à laquelle ils appartenaient, ou avaient appartenu. Pour moi, ce n'était pas très clair. Dans ces récits apparaissaient un Dieu tout puissant dont je comprenais bien qu'il n'était pas un homme, mais dont mes parents ne semblaient pas se soucier plus que cela et dont ils ne redoutaient pas le pouvoir. Et pourtant ! Fendre la Mer rouge pour permettre au peuple juif d'échapper à Pharaon, c'était très impressionnant. Mais je sentais qu'ils ne prenaient pas très au sérieux cette mythologie qu'ils me présentaient. Je crois qu'ils aimaient, malgré tout, retrouver une partie de ce qui avait été leur culture et me faire découvrir quelque chose qui les liait, même si ces agapes contredisaient une ligne de conduite concertée. Tout n'était sans doute pas contrôlé. Depuis j'ai une tendresse proustienne pour le « gefilte fish ». Une autre manière pour moi d'être relié par la langue !

Dans ces moments mon père occupait une place différente de la vie quotidienne. Un rôle de pater familias. D'ordinaire c'était un père travailleur qui rentrait tard le soir et partait tôt. Ses allers et retours m'affectaient peu. En revanche, si ma mère s'absentait le soir pour une conférence ou toute autre raison, je faisais tout ce que je pouvais pour la retenir. Je prenais par exemple n'importe quel livre de la petite bibliothèque de la salle à manger pour en lire un passage que j'appelais conférence. C'était peine perdue.

Parfois quand nous recevions la visite d'amis, j'entendais dans le couloir des échanges d'informations.
- Et untel, unetelle, tu sais ce qu'elle devient ? - Oui, elle est partie en Palestine. Il paraît qu' il fait très chaud, que c'est très difficile la vie là bas.

Les amies de ma mère portaient de drôles de nom, Estuchia, Bronca, Hermina, Clara, Cécilia, Ziuta … J'adorais quand ma mère sortait du buffet les couverts réservés aux repas pris avec les amis. Les verres en cristal, la soupière en porcelaine, les couverts en argent. Mais surtout la chaleur affectueuse qui se dégageait des ces réunions.

A l'âge de 7 ans j'acceptai d'être confié quelques jours à notre cousine Irène qui avait loué un gîte à la campagne pour mettre au vert Evelyne et Sylvie, ses filles encore très jeunes. Mon absence à Santeuil permettait à ma mère de mieux se consacrer à son travail.

Sylvie, la cadette, ne marchait pas encore, je jouais un peu avec Evelyne l'aînée qui n'avait pas encore quatre ans. L'environnement était sans risque et je me baladais seul autour de la maison, explorant avec plaisir la campagne. Je ne m'ennuyais pas. Au bout d'une semaine, à mi-séjour, ma mère vint me rendre visite comme il avait été convenu. Tout d'abord, je lui fis une scène parce qu'elle avait changé de coiffure et accentué la coloration blonde de ses cheveux plutôt châtain foncé. Au fur et à mesure qu'approchait l'heure de son départ, je me collais à elle, et finis par une explosion de larmes qu'aucun argument raisonnable ou mot doux ne pouvait tarir. En quelques minutes ma valise fut prête et je repartis avec elle sous l'œil désolé d'Irène. J'avais retrouvé Bella, il n'était pas question qu'une autre semaine nous sépare à nouveau. C'est en couple que je pris triomphalement avec ma mère le train du retour.

Ballade à la mère

- *Tu te souviens encore de cette histoire là ?*
- *J'avais sept ans. On se souvient bien à cet âge. Même le nom du lieu : Saint Maclou. Pour aller à la gare, il fallait prendre un taxi. J'étais un petit garçon indécollable.*
- *Oui, tu était très attaché à moi, bien plus qu'à Joseph. Nous n'avions pas le même rapport, la même attente vis à vis de toi. Ta naissance a représenté un événement pour lui. Mais je crois que s'il ne m'avait pas rencontrée il n'aurait pas eu d'enfant. Sa vie était déjà très remplie, il n'attendait pas un enfant pour lui donner du sens. Pour*

moi, c'était très différent. Je m'occupais depuis longtemps de jeunes enfants. C'était ma vie professionnelle. J'avais eu largement le temps de mûrir un projet de maternité, l'envie d'avoir un petit à moi dont je pourrais admirer le développement. J'étais convaincue en tant que femme qu'il me fallait connaître ça. La grossesse, l'accouchement, l'allaitement . Cette relation corps à corps. Quand j'ai rencontré Joseph en 1947, j'avais 39 ans. Nous nous intéressions aux mêmes choses. Nous pensions qu'un vrai communisme, humain, respectueux de chacun ne pourrait jamais advenir si nous les hommes ... et les femmes ne faisions d'abord notre révolution intérieure. C'est pourquoi Joseph et moi avions laissé tomber le combat politique. Nous nous préoccupions de ce qu'on appellerait aujourd'hui le développement personnel. Nous suivions les mêmes conférences. On parlait beaucoup de Gurdjieff dans ce temps là. Joseph aimait la nature, la vie en plein air, les longues marches. J'ai rapidement vu en lui un père possible. J'ai été franche avec lui. Je lui ai dit : si cela ne t'intéresse pas de devenir père, arrêtons là. On est bien ensemble, mais je veux un enfant. J'aimerais bien l'avoir avec toi.

- Et comment l'a-t-il pris ?

- Tu ne devines pas ? Il n'y avait plus de temps à perdre. Quand tu es né, en août 1949, j'avais 41 ans, tu imagines ? Tu étais vraiment ma dernière chance. In extremis. Grossesse normale, accouchement normal. J'étais crevée, il faisait une chaleur éreintante cet été là, mais j'avais tellement de joie. En plus... oui, en plus, tu étais un garçon ! Non seulement ça faisait très plaisir à Joseph qui était resté un peu traditionnel de ce côté-là – il se projetait beaucoup plus dans un fils que dans une

65

fille – mais, moi aussi, je m'estimais chanceuse d'avoir un garçon. L'attirance des contraires.

Pour Joseph, ce fut un véritable bouleversement. Il se sentait empli de sentiments nouveaux. J'étais heureuse que la réalité le dépasse, qu'il devienne un père, ce qu'il n'avait pas imaginé. Il a fait des efforts touchants pour être à la hauteur de la situation.

- Oui, j'ai lu le journal qu'il a consacré à mon arrivée.

- Je ne savais pas qu'il en avait écrit un. Il était fier d'avoir un fils. Il fallait voir comment il te portait sur ses épaules quand nous allions à Rhodon. Mais en dehors des vacances et des week-end, il travaillait beaucoup. J'étais seule à m'occuper de toi. Tu t'es accroché à moi plus qu'à lui. C'est assez classique. Joseph a accepté cette différence qu'il attribuait à sa moindre présence, mais qui l'attristait tout de même un peu. Si j'essaie d'être vraiment sincère, le fait que tu me préfères me gratifiait.Ton amour pour moi, d'un seul bloc, compensait un peu le délitement de notre couple avec Joseph.

- Sans le comprendre, j'avais senti que quelque chose n'allait pas entre vous. Quand vous vous disputiez à Santeuil, ça me terrorisait. Je me souviens que mes pleurs avaient stoppé une violente altercation entre vous.

- Physiquement, nous n'avions plus de relations. Chacun sa chambre. Le désir échappe à tout commandement. Aucun contrat ne peut le garantir . Jusqu'où aurions-nous pu continuer à cheminer ensemble ? Chacun d'entre nous avait certainement envisagé une séparation. Mais c'était très compliqué. Il y avait la maison à Santeuil, les dettes engagées pour payer l'agrandissement et la mise aux normes... On était liés. Et puis, il y avait toi. L'amour qu'il te portait était profond

et sincère. Nous savions qu'une séparation te ferait souffrir.

- J'ai si peu de souvenirs de ma relation avec lui seul ou avec vous deux ensemble. Sauf peut être ceux de notre dernier voyage familial en Corse. La grande tente bleue que nous avaient prêtée des amis, les nuits à la belle étoile sous l'auvent, les trois lits de camp côte à côte recouverts d'une bâche pour empêcher la rosée de pénétrer les duvets. Mes premières nuits dehors sous le ciel étoilé. Vos voix autour de moi. Les promenades sur la plage. Ca me plaisait beaucoup, mais je ne me souviens d'aucun geste tendre entre vous.

- Il avait mis du sien dans ce voyage, pris un congé de deux semaines. Nous avions retrouvé un vrai plaisir d'être ensemble tous les deux, tous les trois.

Un matin de bonne heure, alors qu'elle se promenait trop près d'une mer très agitée sur cette côte rocheuse de Corse, une lame de fond l'a happée et entraînée dans une zone de remous où n'ayant pas pied, elle n'a pu lutter longtemps contre la force des vagues. Depuis la voiture où je dormais j'entendis dans un demi-sommeil les mêmes cris qu'elle avait poussés quelques mois auparavant dans sa chambre sous l'emprise d'un mauvais rêve. Un pressentiment cauchemardesque devenu réalité ?

Des secours arrivèrent. Je passai seul la journée du 10 Juin 1959, dans un hôtel du petit village de Casaglione, à attendre l'issue de la réanimation poursuivie à l'hôpital d'Ajaccio.

Dans cette chambre un crucifix surplombait la sévère tête de lit en bois massif sombre. J'avais quelques notions sur le personnage supplicié accroché à la croix. Avec mes parents j'avais visité des églises et ils m'avaient raconté l'histoire de cette étrange figure. Jésus, fils de Dieu. Etait-ce vrai ? Certains y croyaient, d'autres non. Mes parents semblaient pencher de ce côté que je trouvai simple d'adopter. J'adressai un message désespéré au Jésus de l'hôtel. Je lui proposai un contrat. S'il permettait à ma mère de vivre je m'engageai à rejoindre la communauté des chrétiens, à croire en sa nature divine.

Casaglione, petit village de pêcheurs. se situe sur la côte ouest, peu avant avant Ajaccio. De nombreux villageois se mobilisèrent pour l'enterrement de cette touriste qui laissait un orphelin d'à peine dix ans. Ils tenaient à exprimer leur compassion comme pour un des leurs qui serait mort en mer. Les femmes m'entouraient de leur sollicitude. Une chape de chagrin m'enveloppait. Je comprenais qu'aucun miracle ne m'en débarrasserait.

Un an plus tard, ma tante organisa le rapatriement très onéreux du cercueil dans le quartier juif du cimetière de Bagneux. La cérémonie funéraire regroupa la famille et tous les amis proches de Bella. J'eus ce rare privilège d'enterrer ma mère deux fois... Tous les ans, jusqu'à ce que autour de mes dix huit ans je refuse ce pèlerinage, nous nous rendîmes Stéfa et moi sur sa tombe pour la fleurir. Je détestais cet hommage rituel. J'en ai gardé une longue détestation des cimetières.

Peut-être Bella si elle avait survécu se serait-elle révélée une « vraie » mère juive, exigeante, envahissante, ambitieuse pour son fils. Mes études auraient été brillantes dans le prolongement de mes premières années d'école; j'aurais rendu visite régulièrement à mon père qui aurait trouvé une nouvelle compagne bien plus jeune.

Au lieu de tout cela, j'ai décroché de ma place de bon élève, j'ai fait l'école buissonnière, je suis devenu menteur, dissimulateur et même voleur. Joseph a dû monter en première ligne, est devenu le « vrai » père que j'ai aimé, qui a compté pour moi. Et si ma ligne de vie a vacillé sérieusement après cette mort, tout l'amour que m'ont donné auparavant Bella, puis Joseph et ma tante Stéfa a fini par me guider sur un chemin droit.

Ballade sentimentale

- Tu vois que je ne m'étais pas trompée de père ! Joseph a été à la hauteur.
- On peut dire ça. Mais tu ne m'as pas demandé mon avis en le propulsant ainsi à ta place, au premier rang. C'est vrai, il m'a beaucoup aimé, mais il ne m'a pas beaucoup guidé sur le chemin des premières amours. Un aspect essentiel de la vie. Il m'a laissé livré à moi-même sur ce chapitre. Toi, tu étais ma première femme. Et tu m'as quitté. Tu parles d'une éducation sentimentale réussie ! Moi qui espérais te parler de mes premiers émois, que tu évoques les tiens, que je puisse approcher à travers toi ce qui intéresse une fille chez un garçon, que tu me parles de tes premières rencontres, que tu me donnes des conseils. Je me suis retrouvé seul. Une solitude qui a généré une timidité monumentale vis à vis des filles.
- Tu surestimes largement l'influence que j'aurais pu avoir.
- Les femmes ont pris une place considérable dans ma vie; l'aventure amoureuse promue une des principales raisons qui donne un sens à l'existence. Vivre sans la transe amoureuse ? Une vraie fadeur. Mes premières

relations affectives et sexuelles sont arrivées bien tardivement. Je pensais que j'avais un gros retard à rattraper. J'ai eu par la suite plusieurs histoires d'amour en même temps.

- En même temps ? Mais c'est très compliqué !

- C'était dans l'air du temps, et j'avais trop faim.

- A qui la faute ? Aux mères, bien sûr. Même disparues nous demeurons responsables, coupables. Allons, mon petit Jean, sois grand.

9 - Denise

Denise et Bella. Toutes deux arrimées l'une à l'autre par leur goût de la nature, des animaux, leurs préoccupations spirituelles. Elles s'inspirent ensemble de deux maîtres du développement personnel de l'époque : Gurdjieff et Krishnamurti, et sont attirées par le bouddhisme tibétain. Avant la guerre, elles se rencontrent à Paris. Elles apprécient les écrivains pacifistes comme Romain Rolland, ceux qui parlent bien des animaux, Jack London, Jules Renard. Elles adorent partir en virée ensemble, découvrir sur une côte d'Azur encore vierge de béton des petites criques sauvages où se baigner. Par les souvenirs de Denise j'en saurai davantage sur la femme que fut ma mère.

Pour un gamin de 6 ans le train couchette excite de nouvelles sensations. Un train de nuit nous transporte, Bella et moi, depuis Paris vers Nice. Le cocon de la couchette, les petites veilleuses individuelles, la couverture qui gratte un peu, le « titoum titoum » qui berce.

A 20 km de Nice, sur la route qui monte vers le col de Turini, je découvre « La Grassa », le domaine de Denise. Le car s'arrête au milieu de nulle part sur la route qui monte vers Blausasc, petit village accroché à un pan de montagne. Nous suivons avec sac et valise une vague piste mal tracée qui descend vers un petit pont tout en béton. Au bout de quelques centaines de mètres la piste aux ornières profondes conduit à une maisonnette de plain pied construite des années auparavant par un ermite russe blanc. L'âge venant l'oblige à quitter ce lieu. Denise rêvait d'un coin de nature. La Grassa, propriété sauvage à souhait, lui offre son paradis. Elle le payera cher en entreprenant les grands travaux qu'elle a prévus pour rendre le lieu accueillant et amical. Piste et pont, ajout de nouvelles pièces, toilettes, et plus tard l'électricité. Un endettement colossal pour cette femme, secrétaire à Paris avant la guerre, et qui collectionne depuis qu'elle vit dans le midi des boulots mal payés dans la restauration et l'hôtellerie.

« La Grassa », un lieu merveilleux pour l'enfant que je suis. Je dors dans le même lit que ma mère; le soir Denise me raconte des histoires d'animaux à la lueur familière des lampes à pétrole. Presque tous les repas se prennent à l'extérieur, soit sous le grand néflier qui fait parasol en face de la cuisine, soit sur une terrasse abritée qui permet de manger dehors même quand il pleut. Denise nous initie à sa cuisine végétarienne, prépare au mortier des aïolis fameux, me transforme en écureuil gourmand par la variété des fruits en coque qu'elle dispose en libre service.

Dans la journée j'explore sa propriété qui m'apparaît immense. La maison se niche au milieu de collines calcaires sur lesquelles s'accrochent avec peine quelques pins, et odorantes herbes sauvages. Cette garrigue grise ondulée constitue un magnifique terrain de jeu. Escalader les pentes arrondies, tailler des petites marches sur les pans les plus abrupts, construire des ponts dans le fond des ravines, tout cela m'occupe à plein temps. Pendant les repas les deux femmes rapiècent le tissu troué de toutes les conversations qu'elles n'ont pu tenir. Je sens la vigueur du lien qui les rassemble.

Je reviendrai plusieurs fois à la Grassa avant le drame du 10 Juin 1959 car Bella nous offre des vacances chez Denise avant les sessions d'été à Santeuil. Mon dernier séjour s'étire sur trois semaines. Pour cela, Bella me retire de l'école rue Compans et m'inscrit à celle de Blausasc. Un petit chemin de chèvre mène au village. D'abord accompagné, je finis par le suivre seul dans le vacarme étourdissant des cigales. Le midi, une épicière du coin m'accueille quand Bella et Denise ont décidé de partir en vadrouille sur le scooter Vespa de Denise. Au repos, l'engin est béquillé sur le sol cimenté d'une pièce à l'aménagement inachevé. Je l'enfourche et invente des voyages au long cours. Des heures durant, les lèvres vrombissantes du bruit du moteur, je parcours des pays imaginaires.

L'originalité de Denise me séduit. Sa passion pour une vie en pleine nature, son goût pour les animaux, sa manière de raconter les histoires, les attentions qu'elle a pour moi, l'amitié qu'elle témoigne à Bella, tout cela lui octroie un statut particulier. Je m'attache profondément à elle. Elle me parle comme à un jeune adulte sans jamais que je ressente un effort pour se mettre à ma portée, évoque la vie des Indiens d'Amérique, leur grande connaissance du monde qui les entoure, leur massacre par les nouveaux arrivants.

Elle vit seule et quand nous venons ouvre les vannes des paroles contenues par la solitude. Volubile, elle évoque avec humour tous les tracas que le chantier de la Grassa lui procure, l'état d'esprit « gagne petit » de ses employeurs. Elle me fait découvrir la flore méditerranéenne, la vie « tragique » des agaves qui meurent après leur floraison, le goût inconnu des kakis dont la chair si sucrée mais un zeste astringente fond dans la bouche, la saveur du thym sauvage, du romarin.

Après le décès de ma mère, je ferai un court séjour chez elle l'été de mes onze ans. Je voyage seul en train sous la responsabilité du contrôleur. Elle m'accueille à la gare et aussitôt m'enveloppe de sa tendresse. Ne suis-je pas le petit garçon de sa meilleure amie ? Nous allons nous baigner et je découvre les plages à galets de Nice. Nous séjournons dans son appartement de Nice, à peine meublé, qui lui sert de pied à terre quand elle travaille.

Quand il fait chaud l'après midi, les persiennes tamisent efficacement la lumière crue. Dans la pénombre j'attends qu'elle rentre en lisant un roman à deux sous, « Les misères de Sarah », une pauvre orpheline, dans une vieille édition jaunie. Puis Denise m'entraîne sur les plages de galets de Nice. Elle s'est procuré une grosse chambre à air de camion qui constitue une embarcation douillette avec laquelle je me laisse porter par les vagues. A cinquante ans passés elle possède un corps musclé et harmonieux.

Denise est engluée dans ses travaux. Cinq années s'écouleront avant que nous ne nous rencontrions à nouveau. Elle s'abîme la santé dans des journées de labeur mal payées. Nous correspondons plus ou moins régulièrement; elle m'envoie des colis bourrés de gâteries qu'elle confectionne souvent elle même : confiture de coings, vin de noix, cakes bourrés de fruits secs.

A Noël 1965 nous fêtons nos retrouvailles. Je suis accompagné de mon ami J.K. Denise nous attend à la gare. Après une courte halte à Nice, nous montons en car à la Grassa. Nous demandons l'arrêt au niveau d'une nouvelle piste élargie qui descend vers la maison. Comme un jeune chien je parcours mes anciennes traces, celles de mes jeux de Robinson. L'environnement toujours aussi sauvage ravive les souvenirs. Mais l'espace a rétréci, je découvre ses limites. Mon regard d'enfant s'est évanoui.

Denise met à l'aise J.K. dont la réserve lui plaît. A partir de cette date j'ai suffisamment d'autonomie pour organiser des séjours réguliers. Alternent longues lettres et visites accompagnées d'amis proches. Je souhaite leur faire connaître Denise, sa philosophie de la vie, les valeurs qui sont les siennes. Après Mai 68, nous sommes gonflés de certitudes. Il faut abattre le vieux monde capitaliste. Mais qu'en est-il de notre « révolution intérieure » ? Avons nous évolué ? Sommes nous devenus plus conscients de nos formatages, plus attentifs à la grâce de la vie ? Sommes nous prêts à lutter contre nos égos dictateurs ? Nous apparaissons à Denise comme de jeunes bourgeois superficiellement révoltés contre un monde dont nous profitons bien par ailleurs. La chèvre des bois se cabre. « Tu as perdu l'aura qui provenait de ta mère » m'écrit-elle. Cette estocade me paraît injuste. Je me ferme.

Un grand silence s'installe. Quand elle vend la Grassa qui représente une charge trop grande en rapport avec son vieillissement, elle m'en informe par courrier, m'adresse un mandat important correspondant aux sommes que ma mère lui avait prêtées. Je retourne le mandat et demeure sans connaissance de sa nouvelle adresse. Je perds sa trace pendant vingt ans.

Par l'intermédiaire des nouveaux propriétaires de la Grassa où je retourne en pèlerinage un été je trouve l'adresse de l'appartement où elle vit à Nice. Le temps a limé les rancoeurs. Un fil de dialogue se renoue, par téléphone, par lettres. Elle pratique le bouddhisme, est reliée à une communauté. A cette époque je découvre Ivan Amar, Arnaud Desjardins. Nous avons de quoi tisser une conversation qui l'intéresse. Elle me décourage de lui rendre visite, elle ne souhaite pas que je la vois vieillie. Je regrette de lui avoir obéi.

Comme mon père, Denise aimait la solitude. Elle s'est passionnée elle aussi pour la construction d'un lieu de vie qui lui permettait d'être au plus près de la nature. Elle a vécu ce projet également comme un divertissement pascalien qui l'aurait en partie détournée d'un travail sur elle même. J'espère que le bouddhisme l'aura réconciliée avec son désir. Je n'ai jamais rien su de sa vie amoureuse, sacrifiée certainement par les conventions de l'époque. J'ai bénéficié de sa grande tendresse à mon égard au moment où j'en avais tellement besoin.

10 - Catherine M. et les autres filles de Santeuil

Mon amour pour Annie n'a duré que le temps d'un séjour. Celui pour Catherine s'étend sur plusieurs étés parce que la famille M. fréquente Santeuil avec assiduité. Trois enfants, Catherine, Alain et Anette prennent plaisir à venir en Juillet à la maison des Petits. Les parents tiennent une boutique de pull-overs à Paris entre Goncourt et République. Brune à peau mate, grande, élancée, le regard velours marron, douce dans ses manières, elle déclenche chez moi une première vraie passion entre mes 11 et 13 ans. Catherine est plus âgée d'un an ou deux.

Mais en taille, je suis le plus grand des garçons de la colonie. C'est mon avantage et la raison pour laquelle mon père décide que Catherine sera ma cavalière pour le spectacle de fin de séjour où sont conviés les parents. Chants, danses, saynètes s'enchaînent sur le plateau de jeux à l'extérieur. Les danses proviennent du répertoire des CEMEA (Centre d'Education aux Méthodes Educatives Actives) ; il est constitué de danses adaptées issues de différents folklores. Les danses sont accessibles, faciles à apprendre. Ces danses permettent enfin aux filles et aux garçons de s'approcher, de se toucher.

Une longue rallonge électrique, un électrophone dont le couvercle fait haut-parleur, les disques 45 tours de la collection « Scarabée » des CEMEA transforment le terrain de jeu en piste de danse.

Je découvre avec délices la joie du corps en mouvement dans le rythme des musiques d'inspiration folklorique. Au son de l'électrophone nasillard nous enchaînons des figures simples avec des pas marchés, sautillés, des pivots. Régulièrement, à la fin d'une série de mesures, nous changeons de partenaires. Un enchantement que cette possibilité régulée de s'approcher des filles, de sentir leur corps en mouvement dans la danse. Aussi minimes que sont les points de contact en position de danse moderne - de sa main gauche le garçon soutient la main droite de la fille, de sa main droite il ferme l'arche en la posant sur la hanche gauche de sa cavalière - ce toucher autorisé se révèle si riche en informations, en sensations, qu'il me transforme en pratiquant enthousiaste.

Je suis ravi d'avoir Catherine comme cavalière. Nous nous tenons par la main dans le quadrille « Le salut au roi Gustave », elle met sa main sur mon épaule et je peux la prendre par la taille dans « Le cercle circassien ». Mais elle reste distante. La proximité de nos visages me permet d'interroger sous la frange de cheveux le profond regard brun. Elle ne détourne pas les yeux, sourit de temps en temps, mais n'encourage aucun autre rapprochement.

Réservée, pondérée, elle dispose d'une considération visible de la part des autres filles. J'aimerais qu'elle ait pour moi la même attirance que j'ai pour elle. J'affirme auprès des autres garçons que je suis amoureux d'elle. J'espère ainsi dissuader la concurrence. Je fais tout mon possible pour qu 'Alain, son frère cadet, transmette à sa sœur mon inclination. Auprès des autres garçons je dispose d'une certaine estime due à mon âge, ma taille, une certaine habileté physique dont je me vante parfois exagérément. Mais tout cela semble ne pas peser auprès de Catherine qui, sans me repousser, ne me témoigne aucun signe d'une quelconque préférence.

La belle s'émeut au cours du dernier été que la fratrie M. passe à Santeuil. Il s'appelle Jean-Lou. Un beau garçon aux traits fins et réguliers, à la chevelure souple ; brillant au ping-pong, très à l'aise dans son corps, au verbe facile. Il attire tout de suite le regard de Catherine. Certaines filles plus jeunes, très intéressées par les histoires amoureuses qu'elles espèrent elles aussi vivre au plus tôt, se font un plaisir de faire circuler les nouvelles : Catherine est amoureuse de Jean Lou !

Qu'a-t-il vraiment de plus que moi ? Certainement un aspect plus « fini ». Je suis un grand escogriffe roux, les oreilles bien dégagées par un coiffeur de village. Je n'amuse pas la galerie. Ce sont sur ces subtilités essentielles que se jouent les alchimies de l'amour.

Catherine profitera de ce dernier séjour pour nous apprendre des réalités que les grands dadais que nous sommes ignorent encore. Mystérieusement elle refuse de venir à l'une des sorties piscines que nous attendons tous avec une grande impatience. Nous nous déplaçons en groupe pour aller en train à la piscine de plein air de Pontoise. C'est un bassin olympique doté de plusieurs plongeoirs dont un de 10 m. Sous l'eau nous jouons les requins, histoire de frôler un peu les jambes des filles. Nous raffolons de cette sortie. On nous assure que c'est parce qu'elle est malade que Catherine ne vient pas. L'information ne nous convainc pas. Rien de visible. De quoi souffre-t-elle ?

La lecture du best seller « La foire aux Cancres » de Jean Charles, un humoriste connu dans les années 60, nous fait découvrir le pot aux roses. Jean Charles recense toutes les bourdes qui parsèment souvent les copies d'examen. L'une d'elle interloque le groupe des grands garçons de 12-13 ans que nous formons dans la colo.

Nous ne discernons pas où se trouve le comique dans l'assertion suivante : « Les moines vivent avec des règles douloureuses ». Au début d'une chaude après-midi lors d'un temps calme nous interrogeons la monitrice des grands. Elle nous dévoile non sans un malin plaisir le sens inconnu pour nous du mot « règle ». Le raccord s'impose, Catherine a rejoint le monde des femmes qui évitent la piscine certains jours du mois..

Annick R.

Je n'en doute pas. Annick, la jeune fille brune et mince qui aide la cuisinière cet été me le fait bien comprendre : je lui plais. Comme elle est un peu plus âgée que moi, son choix me flatte. Elle me provoque par des sourires appuyés. Elle cherche le contact. Nous n'avons pas grand-chose à nous dire. Nous ne venons pas du même milieu. Elle est fille de la campagne, je suis un parisien timide. Le lycée pour moi, l'apprentissage pour elle.

La même ardeur coule dans nos veines. Nous savons qu'il est temps pour nous d'entrer dans le grand bal. Mais nous sommes gauches. Il faut inventer les pas. Elle me taquine, cherche le contact et s'esquive au moindre de mes gestes pour la saisir. « Attrape-moi si tu peux ! », comme entrée en matière. Ce n'est pas si facile. Elle est svelte et musclée. Je suis grand, moins vif. La cuisinière bougonne : « Il y a de la pluche à faire. Une cuisine n'est pas un lieu pour se courir après ».

Parfois, j'arrive à la saisir. Je la tiens par les poignets. Que faire ensuite ? Je ne suis pas amoureux. J'ai déjà connu cet état d'obsession. Ce n'est pas le cas.

Annick, j'ai envie de toucher ses deux jeunes seins qui pointent sous sa blouse et qui me captivent.

Une seule fois je suis proche de l'atteindre. A l'issue d'une course poursuite nous chutons tous deux sur la pelouse en pente. D'autres enfants jouent là en ce moment. Ils roulent en faisant des tonneaux, parfois seuls, parfois à deux, face à face ou en petite cuiller, le premier tenant le deuxième qui appuie son dos contre la poitrine du premier. Ils dévalent sur l'herbe en poussant des cris joyeux.

Les imiter nous donne enfin l'occasion d'un rapprochement. Annick accepte volontiers le jeu des roulades. Quand je la serre dans mes bras, son dos contre ma poitrine, elle replie ses avant bras sur sa poitrine, les poignets près du cou.

J'espère bien pouvoir frôler les rondeurs convoitées. Petits, fermes, j'en devine la consistance mais n'en ai aucune expérience. C'est maintenant. Nous roulons serrés l'un contre l'autre. Elle rit fort. Je la tiens serrée mais toute approche vers ses seins se heurte à ses bras repliés. Je sens l'odeur légère et poivrée de la transpiration de notre course. Je reste sur ma faim.

Annick connaît mon intention. Mais elle n'est pas prête à m'accorder ce privilège. Mon désir et mon dépit doivent l'amuser. Je suis en son pouvoir, elle le sent. En fait, en en parlant avec J.K. également présent lors de cet été, je comprends qu'elle aguiche tous les garçons - lui compris - qui commencent à ressembler à des hommes. Elle se fait les griffes. Le début d'un long apprentissage pour nous trois.

Claire

Il fait chaud. Sur le le lit contre le mur du chalet, ce petit bâtiment en bois où dorment les grands garçons je me tourne et me retourne. C'est inconfortable une moitié de lit. Je manque de place ; celle que je réserve à Claire. Au seuil de mes quinze ans, je suis tombé follement amoureux de cette monitrice, une jeune femme d'une vingtaine d'années. C'est la première fois que je ressens ainsi la violence du sentiment amoureux. La nuit, l'imaginaire s'immisce dans le réel et mon rêve qu'elle soit à mes côtés semble possible. Alors je lui fais une place dans ce lit. Je me confine sur un bord du lit pour dire combien je l'attends. Pourquoi elle ? Sa grâce, son élégance, sa douceur m'ont séduit. Elle s'occupe des petits, mais chaque fin d'après-midi je la retrouve quand nous répétons les danses collectives pour la fête de fin de session. Comme il n'y a pas assez de grandes filles pour les garçons les plus âgés, les monitrices sont sollicitées pour danser.

L'arrivée de Claire suscite aussi chez J.K. des sentiments très forts. Il apprécie sa culture, la finesse de ses traits, son élégance corporelle. Pour la première fois de notre longue amitié nous devenons rivaux.

Comme nous nous racontons tout depuis toujours, nous sommes tout d'un coup confrontés à une situation nouvelle. Jaloux. La tentation de nous battre nous effleure. Se débarrasser physiquement de l'autre. Un sursaut d'intelligence nous fait conclure un pacte pour éviter l'irréparable. Nous élaborons un partage du temps à passer avec Claire ; nous nous répartissons des tranches horaires afin d'être en situation d'exclusivité avec elle.

Ainsi nous ne nous concurrençons plus directement et ce modus vivendi fonctionne étonnamment. Sans doute devinons nous que ni l'un ni l'autre n'est en mesure d'obtenir que la belle s'engage auprès de l'un de nous. La différence d'âge, notre grande timidité, notre inexpérience, les mœurs de l'époque, tout concourt à faire de nous des amoureux sans vraies espérances. Notre étonnant partage met notre amitié à l'abri. J.K. de deux ans mon aîné, aimant l'humour et les histoires drôles retient l'attention de Claire par sa conversation. Ils sont tous deux partenaires dans les petites pièces de théâtre que nous préparons pour la fête de fin de séjour. Il me semble que je suis plus à l'aise que lui dans la danse. Béni soit cet atelier « danses collectives» que mon père a mis en place pour répéter les danses de la fête de la colo. A l'instar de Catherine les années précédentes, Claire m'échoit comme cavalière attitrée.

Je découvre qu'à chaque fille correspond une manière de danser. Pesante, légère, raide, souple, contractée, désinvolte … J'apprends la typologie des mains que je rencontre : menues, tièdes, fermes, abandonnées, transpirantes, réservées, douces … Quant à la taille des danseuses que je presse, ferme, moelleuse, accueillante ou tristement osseuse, ce contact me procure un plaisir nouveau et relie ma main à une myriade de sensations. Seule la danse peut m'autoriser à prendre Claire par la taille. Ainsi enlacés, elle et moi formons le couple d'un moment. Les amoureux ne se tiennent-ils pas ainsi ?

A presque quinze ans, je mesure un mètre quatre vingt dix, je me suis appliqué pour apprendre les pas chassés, le pivot, et mieux encore, la polka. Le corps d'un danseur ne sait mentir. Celui de Claire me dit son plaisir de danser avec moi. La courbe de sa taille souple remplit complètement la paume de ma main. Je la sens vivre dans nos déplacements. Parfois quand les tourbillons d'une polka nous écartent l'un de l'autre je dois rajuster ma prise, la serrer davantage. Dans son regard je décèle une lueur qui me trouble.

A la fin d'une répétition Claire nous parle d'un séjour au Cambodge. Elle nous raconte une initiation aux danses traditionnelles. Elle se recule de quelques pas et se met à danser tout en fredonnant un air aux tonalités exotiques. Arabesques des bras, volutes des poignets, vie indépendante des doigts et de la tête, mobilité des yeux. De la main gauche elle écarte le tissu ample de sa jupe qui devient la voile dont elle est le mât tournant. Le charme nous rend muets.

L'appareil photo qui me permet de prendre quelques rares photos d'elle appartient à mon père que cette pratique intéresse peu. Il le sort en de rares occasions. La gaine en cuir fauve enserrant le boîtier lui donne une respectabilité officielle, une aura de valeur. Claire apparaît souriante quand je prends ce rare instantané en mouvement où, parmi un groupe d'enfants, elle remonte la pente raide le long de la maison pour un départ en promenade. Sourire aux lèvres, nez mutin, bras et jambes nues dans un short court en tissu vichy, sa présence me chavire. Elle regarde l'objectif et m'offre d'elle cette image toute à son avantage. Avec J.K. nous nous partagerons chacun un agrandissement.

Au fur et à mesure que la fête approche nous intensifions les répétitions. Une en début d'après-midi, une autre le soir. Il fait encore chaud après le dîner, la lumière du jour décroît lentement, tout à l'inverse de mon excitation. Dans les cercles dansés les cavalières se succèdent. Je n'attends que le passage de Claire. La nuit tombe, une ampoule éclaire vaguement nos évolutions. L'obscurité masque de plus en plus les réalités du jour. Quand j'enchaîne « Stern Polka » avec elle, nous devenons gyroscope sur le bord d'un cercle imaginaire ; une femme, un homme, qui grâce à leurs appuis s'entraînent dans une spirale grisante. Exalté, transpirant, je cours me rafraîchir aux lavabos du rez-de-chaussée. J'aperçois dans la glace une regard inconnu dans un visage ruisselant. Vite, y retourner.

Retour au calme, chants du soir. On replie le matériel, je porte l'électrophone. Elle est à mes côtés, et laisse échapper quelques mots : « Quand je pense que tu n'as que quatorze ans ». Mots de braise, jamais éteints.

Claire, pour les nécessités du service descend parfois dans la salle à manger des grands ; je la retrouve alors à table. Je m'arrange pour être près d'elle. Mon genou nu touche le sien, également nu, qu'elle ne retire pas. Le contact se poursuit, un long temps, installe une complicité secrète qui me chavire. Elle accepte que je sois épris d'elle ; cela me confère un statut nouveau qui me comble; troubadour naïf et muet, incapable d'exprimer mes sentiments ni par des mots ni par des gestes.

La session de juillet s'achève. Les enfants partent, l'équipe des monitrices change.

Moi aussi, je pars dans un centre de séjour pour adolescents avec J.K. en Italie. Lentement je sors de ma transe. Claire reviendra-t-elle ?

Durant les mois d'hiver je scrute la boite aux lettres, les échanges de mon père au téléphone. Au printemps je l'entends parler avec elle. La porte de sa chambre est fermée, je ne saisis pas grand-chose. Une lettre d'elle arrive. Je m'en empare avant le retour de mon père. J'ai lu, je ne sais où, qu'on peut décacheter une enveloppe avec de la vapeur; alors la bouilloire de notre cuisine fait l'affaire. Je lis et comprends qu'elle accepte l'invitation de mon père pour une sorte de convalescence durant les prochaines vacances à Santeuil.

Les vacances de Pâques ouvrent la porte de son retour dans ce printemps pluvieux et froid. Tout le monde s'engonce dans anoraks et grosses laines; il n'y a plus danse le soir. Sur la route de Santeuil à Marines, lieu familier des promenades, le vent fouette les visages. Le sien est blafard, son regard absent. Je n'existe plus. Elle n'est là que pour quelques jours et participe à peine aux activités de la colo.

Ce statut particulier me permet d'interroger mon père qui lâche quelques bribes me permettant d'appréhender ce qui se passe. Une rupture amoureuse, un chagrin-dépression.

Avec J.K. et un autre comparse qui logent avec moi au petit chalet nous inventons une expédition pour réveiller un peu la gaieté dans cette grisaille pesante. Un matin, sans faire de bruit nous grimpons jusqu'à la petite chambre sous les toits dans laquelle dorment les monitrices. Munis de tubes de dentifrices nous aspergeons soudainement les visages des deux jeunes femmes endormies. L'accueil glacial de cette facétie stupide nous dégrise. Mais ce moment où chacun retrouve sa place m'est nécessaire. Cette agression de potache annihile nos illusions.

Quelques années plus tard, mon père reçoit le faire-part du mariage de Claire qu'il me montre. Ma folie amoureuse s'est fossilisée. Reste seulement une légère nostalgie de ce qui n'a pu advenir... Sur le carton figure une adresse. Je me souviens encore des premiers mots de la lettre que je lui envoie pour accuser réception. « Comment as-tu osé te marier sans demander l'autorisation de ton amoureux fou ? ». Suit un texte léger et distancié où je lui souhaite, magnanime, de trouver le bonheur. Ma lettre reste sans réponse …

11 - Les vacances font grandir

Qu'avait-il dit exactement en regardant mes jambes flagellées par les chardons ? On voyait perler à chaque impact du fouet végétal une minuscule gouttelette de sang.

Quand il était arrivé, j'étais près du tuyau d'arrosage. Il s'était approché, intrigué, pour voir qui utilisait le jet à cette heure, puis pourquoi j'arrosais mes jambes nues.

A quel jeu avions nous joué ? C'était un soir de juillet après le repas. A la tombée de la nuit, une excitation s'emparait de nous ; un regain d'énergie, l'ivresse de courir ensemble après le repas, sans être confinés dans les locaux.

Les plus petits n'avaient pas ce privilège. On voyait les dortoirs s'allumer. Les monitrices sortaient les livres d'histoire. Nous, les plus grands, choisissions souvent des jeux de course, de cache cache, grisés par la vitesse de nos déplacements dans la pénombre.

On m'avait m'attrapé, j'avais dû surestimer mes capacités à échapper au grand nombre de mes poursuivants. Ils me tenaient. Une belle prise, le fils du directeur, un des garçons les plus âgés. Je devais payer un gage. Une des filles le choisit. Ce serait le fouet des chardons.

Quelques-uns furent cueillis. Ils étaient courts sur pattes. Pas ces grands chardons aux fleurs violettes, mais ceux, arborescents, dont les feuilles vert pâle se terminent en petites pointes acérées.. Quand ils se dessèchent, seule la fine bordure qui entoure la matière verte subsiste ainsi que le réseau en dentelle fine des nervures.

Je reçus les premiers coups. Ils me surprirent. J'avais redouté une douleur plus forte. C'était tout à fait supportable, malgré le sang qui perlait. Je restais silencieux et bravache. Le gage qui semblait sévère me coûtait peu. Les spectateurs étaient déçus. Il fut donc décidé de doubler la peine et plus encore. Jusqu'où supporterai-je l'épreuve ? Au lieu d'être abaissé par mon supplice, il me grandissait.

L'obscurité s'épaississait. Il devait y avoir une fin. Les regards de mes bourreaux étaient admiratifs. Je n'avais pas bronché. Le cercle se rompit. Le reflux vers la colonie s'amorça. Je sentais mes jambes poisseuses. L'eau froide picotait les égratignures, mais c'était vivifiant. Il n'y avait plus personne. J'avais enlevé mes sandales et prolongeais la douche par plaisir. Tiédeur d'un soir d'été. Les graviers crissèrent. Je reconnus mon père.

Je satisfis sa curiosité en lui racontant notre jeu. Il écoutait, attentif et amusé. Il semblait sentir dans mes paroles la fierté que j'exprimais d'avoir supporté une épreuve. A quel souvenir, à quelle référence mon récit le renvoyait ? Il aurait pu se moquer, dénigrer un enfantillage. Mais il paraissait intéressé, touché. Il conclut à peu près comme ça : « Les vacances font grandir les enfants plus vite. »

12 - Josef

Mon père naît pour moi au décès de ma mère. Il me faut le baptiser, lui donner un prénom. Le simple « Papa » ne fait plus l'affaire. Trop petit pour contenir le double rôle qui va être le sien, être mes parents à lui tout seul. Je trouve « Pama ». Belle synthèse. Un peu trop facile, dois-je penser après l'avoir utilisé un court moment. Comme j'ai cette manie de donner un surnom à ceux que j'aime, je troque le Pama contre un autre nom de mon invention : « Mounia ». C'est doux à l'oreille. Le M de maman reprend la place qui lui revient, la première, et le A de papa est bien présent. Cela m'étonne de découvrir quelques années plus tard, que ce nom existe vraiment. Quant à son vrai prénom polonais Josef (qui se prononce Yosef) et s'écrit Joseph en français, nombre de ses amis en France l'ont transformé en Jo.

Après la disparition de ma mère, il nous faut apprendre à vivre à deux. Dans la salle à manger, je quitte le bout de la table face à lui pour occuper à angle droit la place vide près de lui; nous nous rapprochons. Changement de perspectives. Face à moi le buffet qui contient la vaisselle des jours de fêtes et une grande poêle bassinoire en cuivre suspendue au mur par le manche. A l'autre bout de la table, face à mon père, le trou de la place que j'ai désertée. Trois moins un égalent deux.

Souvent après le dîner, j'aime grimper sur ses genoux. Parfois j'enfouis ma tête sous sa veste, contre le gilet du costume trois pièces, je joue avec sa cravate. Son travail de représentant en cuirs et peaux nécessite une tenue « de ville ». Cette plongée obscure m'apaise. Pour prolonger cet instant tendre nous jouons au jeu des sept erreurs que publie tous les jours le journal « France Soir » dont il épluche les petites annonces pour raison professionnelle. Ce ne sont pas toujours les mêmes dessinateurs qui produisent ces deux dessins presque identiques dont il faut débusquer les différences. Certains sont plus faciles que d'autres, grâce aux signatures, nous le savons d'emblée. Puis je monte à l'étage dans la petite chambre qui est la mienne. Celle de ma mère, de l'autre côté du palier, demeure sombre et froide.

Quand je suis au lit, il monte l'escalier pour me souhaiter la bonne nuit. Souvent il me propose de me lire une histoire pour prolonger notre lien, même si j'ai passé l'âge. J'affectionne particulièrement les contes d'Andersen. Un ami de la famille m'a offert une bibliothèque en carton de la taille d'une boîte à chaussures. Elle possède des portes qui protègent à l'intérieur une dizaine de livres miniatures illustrés, chacun contenant un conte dont je ne me lasse pas. Il s'allonge près de moi et nous choisissons « La petite sirène », « Le vilain petit canard » en deux tomes, etc … Il aime lire à haute voix et colore sa lecture de toute une palette d'intonations qui me plongent intensément dans l'univers du conte. Il prend son temps. Sous les draps, bercé par cette voix aimante, je suis pleinement heureux pendant ces quelques instants.

Parfois, les matins sans école, je descends dans sa chambre et me glisse dans son lit. Je babille, il écoute. Je cherche un contact physique. Il me répond à sa manière en me caressant brièvement les fesses. Il annonce le résultat de la palpation en disant : « Tiens, elles sont froides ce matin ». Jusqu'à mes douze ans, quand il souhaite être remercié d'une action qui me fait plaisir –

par exemple une sortie au cinéma – il me dit : « Donne moi une fraise ». Il s'agit d'un bref baiser sur les lèvres.

Ma puberté naissante stoppera net ces gestes. Ce n'est que bien plus tard que je me poserai des questions sur « l'orthodoxie » éducative de ces comportements et sur les conséquences qu'ils ont pu avoir sur ma propre sexualité. Parmi toutes les interprétations possibles, celle qui me parle le plus c'est d'imaginer que Joseph avait en grande partie été privé de contacts physiques avec le petit garçon que j'avais été. J'étais surtout en fusion avec ma mère.

Joseph et moi parlons peu d'elle. Il sent ma grande tristesse, les larmes à fleur de cils. Nous ne convoquons pas son souvenir par l'évocation de moments heureux. Envahi par ma propre peine, je ne m'interroge pas sur ce que peut-être la sienne. Lui ne l'évoque pas non plus. Je garde pour moi le tenaillement du manque. Quinze ans après en racontant à ma compagne les circonstances de la disparition de ma mère ma voix s'éraille, je me tais et laisse enfin le chagrin me submerger.

Quelques mauvais rêves, partie émergée du lent travail de deuil que la réalité m'ordonne, perturbent mes nuits. Une trame invariable se reconstitue : après une longue absence pour des raisons mystérieuses, la nouvelle du retour de ma mère à la maison me parvient. Je m'y prépare avec angoisse et folle espérance : va-t-elle vraiment réussir à revenir ? Parfois notre rencontre a lieu. Elle m'apparaît alors différente de celle que j'ai connue, plus grave ; son étrangeté contient les raisons secrètes de son absence. Parfois elle m'explique pourquoi elle a dû s'éloigner si longtemps. Je lui pardonne la souffrance qu'elle m'a occasionnée. L'essentiel est bien qu'elle reste avec moi, maintenant. Ces rêves m'accompagneront jusqu'à la fin de mon adolescence.

Durant cette dernière année d'école primaire, mon père n'a guère le temps de préparer le repas du midi. Il m'évite la cantine qui me rebute. A la sortie des cours du matin vers 11h30, en dix minutes à pied, je me rends chez une voisine dans la villa des Lilas, parallèle et voisine de la nôtre. Une vieille dame m'y accueille pour déjeuner ainsi que Maurice, un garçonnet de mon âge. Pour aller dans la cuisine assez vaste, nous traversons un salon vieillot meublé d'une vitrine aux bibelots anciens et intrigants, (je me souviens de lui avoir dérobé un flacon en verre, en forme de canard avec une tête argentée), de fauteuils Voltaire, de tapis fatigués mais bien entretenus.

À table, sous l'œil rond d'une grande pendule murale à poids suspendus au bout de chaînes, je découvre les artichauts, inconnus chez nous, le plaisir de faire la course avec Maurice pour les effeuiller, celui de tremper dans un mélange d'eau et de vin sucré des gaufrettes imprimées de maximes lapidaires qui nous amusent.

Quand les aiguilles de la pendule s'approchent des 12h30, je quitte le lieu pour aller voir mon père à la maison. Il est allé chercher le plat du jour au restaurant en bas de la villa. Il s'enquiert en quelques mots de ma matinée, me parle un peu de son travail, des clients et des fournisseurs qu'il a visités et dont je commence à repérer les noms. A 13h30 l'école reprend.

Ce métier de représentant n'a pas toujours été le sien. Peu à peu au fil des années, généralement au cours des repas en tête-à-tête, je mets bout à bout des bribes de sa vie à Varsovie où il est né et où il a résidé avant son départ pour Paris. Il me parle de son apprentissage pour devenir ajusteur mécanicien à la fabrique de machines Sotnicki & Co.

De sa jeunesse polonaise, je ne sais pas grand-chose. De ses sœurs, qui auraient pu être mes tantes, il ne m'a quasiment rien dit. Il est le seul garçon d'une fratrie de 4 enfants, 3 sœurs l'entourent : Chana, Ita, Rifka.

Je ne dispose que d'une seule photo de Josef avec ses sœurs. On y voit mes grands-parents prenant la pose, assis sur des chaises, entourés de leurs enfants debout. Josef porte une casquette, il doit avoir environ 10 ans. Il se tient à la droite de son père, la main gauche posée sur son épaule. C'est le petit dernier, le seul garçon parmi ses sœurs aînées. Etaient-elles 3 ou 4 ? Une cinquième jeune femme que je ne sais identifier figure également sur la photo. Joseph ne mentionne que les noms de trois sœurs dans sa liste des déportés.

Parfois, à la fin d'un repas, il me livre quelques fragments : le père brasseur de bière, la faim et le froid pendant la première guerre mondiale, les trajets le long de la Vistule, entre la maison et la fabrique durant lesquels il siffle et se grise des mélodies qu'il apprend à l'orchestre municipal. Je sens qu'il prend plaisir à me raconter ces retours solitaires dans l'air glacé de la nuit ou la touffeur de l'été. Il joue du cornet à piston et garde de cette époque un goût qu'il me communiquera pour la musique classique. Je me souviens d'une visite avec lui aux puces de Saint-Ouen où un cornet d'occasion le tente. Mais pour jouer avec qui et où? Je pense au son tonitruant du cornet dans notre petite maison.

En 1922, à dix neuf ans, Josef quitte la Pologne pour Paris. Il n'y a plus de travail à la fabrique Sotnicki. Il est entraîné dans ce large mouvement migratoire économique qui conduit nombre de travailleurs polonais à venir en France. Chana y vit déjà avec son mari Lew Mandel et leurs deux enfants, Zelman et Charlotte. Je peux imaginer que Josef sera hébergé quelques jours chez eux à son arrivée. Rifka vient-elle en France avant ou après lui ? Elle y épouse Berel Jungerman dont elle aura cinq enfants : Daniel, Annette, Charlotte, Jacques et Georges. Ita et son mari J.L Kramach quittent également la Pologne.

La fratrie émigrée décide de faire venir en France les parents; mes grands parents Zysia et Falga. A quelle date ? Des menaces antisémites commençaient-elles à peser sur eux ?

De toute cette famille, seuls quatre membres survivront au génocide. Le petit Georges, neveu de mon père, ainsi que son petit frère Jacques, Josef lui-même et Falga sa mère, ma grand-mère. Tous ceux qui vivent en France sont déportés à Auschwitz via Drancy, raflés soit à Paris, soit à Nice entre 1942 et 1943. Ceux qui vivaient en Pologne ont connu le même sort. Le nom de Zysia Pacholder, mon grand père déporté, figure sur le grand mur du mémorial juif de Paris. Je le découvrirai en 2007. Doivent également s'y trouver sous leur nom d'épouse mes trois tantes : Rifka Jungerman, Ita Kramach, Chana Lew.

Tous les ans deux petites veilleuses dont les mèches trempent dans l'huile éclairent faiblement la chambre de mon père, plongée dans l'obscurité. Les volets sont clos. Cette mise en scène m'impressionne grandement. « En mémoire des disparus » m'explique-t-il, « En mémoire de ceux qui sont morts durant la guerre ». Il n'en dit pas plus. Ce silence ferme la porte aux questions. Il ne semble pas s'intéresser à Georges, le fils miraculé de Rifka, qu'il me présentera très tardivement dans les dernières années de sa vie. Jacques a-t-il émigré dans un autre pays ? Georges Jungerman voue une grande admiration à Jo venu le chercher à Nice revêtu de son bel uniforme américain (les soldats de la 2ème DB sont habillés par les Américains). Ce n'est qu'après la mort de mon père, dans les documents qu'il laisse, que je découvrirai sur une liste manuscrite portant le titre « Les déportés », les noms de mes tantes, de mes cousins, cousines. Georges m'aidera à reconstituer l'arbre de notre famille.

Cette trahison de la France de Vichy, Joseph ne m'en parle que sous une forme anecdotique, comme s'il ne s'agissait que d'une parenthèse définitivement fermée. Il croit aux choix qu'il a faits, d'être Français, de faire de moi un Français encore plus Français que lui. Pour arriver à cette fin je dois grandir dans un sol neuf. Transmission réussie. Quand je remplis les renseignements d'état civil au cours de ma scolarité et que je dois préciser le lieu de naissance de mes parents, je ressens le fait d'écrire « Varsovie » comme la marque d'une étrangeté qui me singularise, un obstacle à mon désir d'être parfaitement comme les autres : Français. Pour mes filles, qui peuvent écrire « Paris » concernant le lieu de naissance de leurs deux parents, la question de leur origine ne s' s'affiche plus… elles sont françaises de parents nés en France. Une évidence.

A la fin de l' année 1942 la zone libre disparaît, toute la France passe sous administration allemande. La fin de la tranquillité pour les Juifs qui y avaient trouvé refuge.

Josef doit quitter au plus vite Grenoble où il se trouve depuis l'arrivée en 1940 des troupes allemandes à

Paris. Très habile de ses mains il y travaille comme maroquinier, fait des sacs à main, gagne confortablement sa vie. Quelques heures avant son arrestation programmée par la milice, l'information de son arrestation fuite grâce à des fonctionnaires qui désapprouvent la politique raciste de Vichy. Joseph quitte son logement. Il me raconte sa peur terrible d'être repéré à la gare, le cœur qui bat, sa cavale vers l'Espagne par les chemins de contrebande à travers la montagne du côté de Bagnères de Luchon, son arrestation par la police de Franco et son séjour de six mois dans une prison espagnole. Je sens le plaisir qu'il éprouve à me raconter ces épisodes. Sans papier d'identité il réussit à se faire passer pour un Anglais. Ce qu'il connaît de la langue lui donne une certaine crédibilité. Incompétence linguistique des policiers qui l'interrogent ou complicité inavouée ?

Ce n'est que récemment que j'ai su le fin mot de l'histoire : le pacte secret entre le régime de Franco et les Américains. En échange de livraison de blé américain par bateau, Franco s'engage à ne pas livrer aux Allemands les Juifs, les résistants, qui se sont réfugiés en Espagne. Il n'empêche pas non plus leur départ vers l'Afrique du Nord.

Je sens une certaine fierté quand Joseph raconte la suite de l'odyssée. Son arrivée en Afrique du Nord au Maroc, son enrôlement en juillet 1943 à Casablanca dans la deuxième division blindée de Leclerc, le débarquement en France, la libération de Paris, en août 1944 quand il distribue depuis son camion des rations de soldats aux habitants, et enfin sa démobilisation à Strasbourg en avril 1945 le jour même de ses quarante deux ans.

Pour un immigré juif polonais âgé de la quarantaine que rien n'obligeait à s'engager, cette participation à la reconquête de la France occupée, c'est son honneur, son ticket payé pour une naturalisation française qu'il obtient rapidement après son départ de l'armée.

A cette date, Joseph épouse la France. Il en connaît les beautés et les défauts. Il a échappé aux rafles de la milice, il connaît l'antisémitisme d'une partie de la droite. Mais le sursaut gaullien, la laïcité, la France des Lumières, la séparation des pouvoirs, la République, suscitent son adhésion. Jamais plus il ne retournera en Pologne qu'il juge irrémédiablement antisémite, il en oublie même la langue.

Je partage la fierté de son engagement que je découvre au fur et à mesure. Il légitime aussi pour moi mon sentiment d'appartenance à la citoyenneté française. Je découvre dans une valise au grenier une veste militaire ornée d'un insigne émaillé avec la croix de Lorraine, celui de la 2ème D.B. Je l'accroche au revers du col de ma propre veste. Fils d'un Juif, polonais, certes, mais d'un Juif qui a combattu pour le France !

Au CM2 mes résultats scolaires vacillent. A tel point qu'à la fin de l'année il me faut passer l'examen d'entrée en 6ème que je réussis sans prendre la mesure que ce test détermine radicalement ma vie à venir. La 6^{ème}5 dans laquelle je me retrouve est certainement la plus faible du lycée, mais un chemin s'esquisse. Mes résultats sont moyens, sauf en français et en récitation. A mon grand étonnement, dans ces matières, je me retrouve en tête de classe et découvre les facilités que j'ai. En récitation, avec Alain W. nous nous tirons la bourre pour la première place. C'est soit lui, soit moi. Nous révisons ensemble les poésies. Car du lundi soir au jeudi soir nous rentrons ensemble, chez lui.

Sa mère nous attend. Elle a préparé le goûter. Ensuite pendant une heure au moins, nous faisons nos devoirs. Une solution imaginée par ma tante et mon père pour encadrer cette activité scolaire que je suis dans l'incapacité de mener seul. La dernière demi-heure avant mon départ est consacrée au jeu. Nous avons une passion commune pour des figurines de soldats du Moyen âge, à pied ou à cheval. Avec sa bouche Alain imite de manière très réaliste le bruit du galop. « Pitecou, pitecou, pitecou ».

De temps en temps, ma tante passe pour une sorte d'évaluation de mon travail scolaire avec la maman d'Alain. Mis à part mes bons résultats dans les matières littéraires, dans les autres c'est souvent médiocre. Sommé de montrer mon carnet de notes, lors d'une de ces visites, je déchire et enfourne dans la cuvette des cabinets le feuillet où figure un zéro en math. Plusieurs coups de chasse d'eau sont nécessaires pour faire disparaître la boulette récalcitrante. En vain, ma tante avait déjà consulté mon livret la veille dans mon sac. Zéro pointé. Commence alors la très longue série de cours de soutien en maths. Ils se poursuivront jusqu'en classe de première. Réorienté pour un redoublement en section littéraire, je laisse tomber tout effort face au faible coefficient de la matière.

Mes résultats scolaires, mes mensonges, mes dissimulations, le désordre que je laisse traîner après mes jeux – « Mais pour qui laisses-tu cela ? » demande Joseph – le peu de soin que j'ai de mes affaires, créent des tensions parfois violentes dans le duo avec mon père. Quand sa colère monte, il ne sait se contenir. Il crie fort, et jusqu'à mes douze treize ans n'hésitera pas à recourir à la fessée. J'ai horreur de cette violence sonore et physique qui me fait découvrir un Joseph inconnu qui ne se contrôle plus. Paradoxalement, devenu père moi-même, j'aurai recours quelquefois à la fessée, mais sans cri. Quel progrès ! Convaincu qu'au delà d'une certaine limite franchie par l'enfant la fessée demeure une méthode d'éducation, je l'appliquerai sans avoir pleinement conscience que la légitimité que je lui attribue reproduit ce que j'ai vécu. Sa nature profonde me semble terriblement dépourvue d'humour. M'a-t-il transmis ce manque ? Quel héritage pour un Juif !

Assez vite Joseph s'aperçoit que son emploi du temps n'est pas compatible avec celui du garçonnet que je suis. Stéfa, ma tante, me recueille donc chez elle durant la semaine; Joseph, les week-ends et les vacances. Fils de sa sœur cadette, suis-je l'enfant qu'elle n'a pas eu ?

Sans elle, je n'aurais jamais poursuivi d'études; mais notre rencontre sentimentale n'a pas lieu. Je suis pourtant à la recherche de mères de substitution. Mais non, elle ne fait pas l'affaire. Mondaine, soucieuse des apparences, peu expansive, elle peine à exprimer une tendresse. Quand elle m'embrasse le soir au coucher, c'est son fond de teint que frôlent mes lèvres sur ses joues.

Au sommet de la liste des mères possibles, trône Denise.

Joseph connaît mes sentiments pour elle. Il n'élude pas la question : « Tu aimerais l'avoir comme maman ? ». Hormis le fait qu'il est impensable que l'un ou l'autre déménage, leur amitié n'est pas amoureuse, leur caractère très affirmé me laisse penser qu'une cohabitation ne serait pas harmonieuse. Je devrai me contenter de la voir de temps en temps.

Je sens que l'idée de trouver une femme pour reconstituer un foyer intéresse mon père. Il sent ma demande en ce sens. Des amies célibataires nous invitent à manger, et me séduisent facilement par leur gentillesse, leurs talents culinaires, leur art de la table. Bien trop innocent, je ne me doute pas qu'il se joue une autre partie derrière ces invitations qui finalement ne déboucheront sur rien. Je reste avec une nostalgie profonde du trio familial.

Cependant, au fil des années émerge un Joseph qui s'autorise à redevenir amoureux. Aucune des amies du couple qu'il formait avec ma mère n'a déclenché chez lui l'envie de refaire sa vie avec l'une d'entre elles. Mais par des bribes de conversation au téléphone du fond de sa chambre, porte fermée, je devine, maintenant que j'approche les quatorze quinze ans, qu'il n'a pas renoncé à l'idée de rencontrer d'autres femmes. De la salle à manger, je suis trop loin pour suivre ce qui se dit. Quelques mots roucoulés me parviennent nettement, des « Ma chérie » ou d'autres vocables tendres qui expriment sans ambiguïté ses embrasements.

A Santeuil, la seule liaison qu'il aura avec une monitrice aura une influence sur moi. Autour de la soixantaine, le visage très peu marqué, alerte physiquement, auréolé de son prestige de directeur, Joseph a belle allure. Si à l'époque la différence d'âge m'apparaît comme outrageusement disproportionnée, elle ne l'empêche pas de plaire à Hélène, une jeune femme toute simple, naturelle, réservée. Leur relation est d'une très grande discrétion. C'est parce qu'il prend des photos d'elle – fait exceptionnel – et que j'apprends qu'il la voit à Paris, que je devine quelle peut être la nature de leur lien. Parfois nous avons des conversations à propos des monitrices. Mon avis l'intéresse, il aime se faire une idée de leurs aptitudes d'animatrice du point de vue des jeunes. Quand nous parlons d'Hélène, que je connais peu car elle s'occupe des petits, il l'évoque en des termes si élogieux, vantant sa douceur, sa gentillesse, sa disponibilité aux autres, que ce modèle féminin s'imprime en moi.

Pour le reste de mon éducation affective et sexuelle, je suis livré à moi-même. Il s'est bien débrouillé seul, lui, dans la vie. Je souris intérieurement en imaginant mon grand-père paternel dont je n'ai qu'un seul portrait de famille datant des années 1913, où il pose tel un patriarche avec une barbe de rabbin, évoquant avec son fils Josef l'âge des premières relations sexuelles, les moyens contraceptifs, et l'éclosion des premiers émois...

Joseph a hérité de cette pudeur. Question d'époque, de génération, d'écart d'âge entre nous, de formation. Qu'aurait-il pu faire de plus qu'il n'a fait ? Je me souviens d'une inquiétude qui s'était emparée de lui quand il avait estimé que je restais trop longtemps aux toilettes. Ne m'adonnais-je pas à des pratiques masturbatoires néfastes ? Bien évidemment, il n'avait pas employé ce mot, de peur même que son énoncé ne me donne des idées. Et pour cause ; avant de m'enfermer dans les cabinets, sans qu'il le sache, je me munissais toujours d'un ou deux exemplaires du journal « Tintin » que j'achetais chaque semaine, sans manquer un seul numéro et me délectais des feuilletons en cours : « Black et Mortimer », « Michel Vaillant », etc... En l'apprenant, il avait été rassuré. La masturbation : un sujet dont nous n'avons jamais débattu. Sans doute partageait-il, sans les remettre en question, les idées restrictives de son époque, grandement influencées par les religions qui la considéraient comme un péché.

Mettre des mots au plus tôt sur cette grande affaire du sexe et du cœur … Cela ne s'est pas fait. Ni avec lui, ni à l'école. Que de timidité et de retard en ont résulté !

A cette époque, rares sont les enfants qui bénéficient d'une information sexuelle dispensée par les parents. Au cours d'une nuit d'hiver à Santeuil, la veille de l'année de mes onze ans, la discussion dans la chambrée de garçons s'emballe autour de nos connaissances sexuelle. Le plus déluré parmi nous obtient un silence total quand il affirme qu'il sait comment se font les enfants. Il évoque l'anatomie féminine et déclare péremptoire qu'il faut enculer les femmes pour faire des enfants. Un frisson d'effroi et de dégoût saisit l' auditoire, même si, dans sa description, le verbe «enculer » désigne une pénétration vaginale. L'idée de nos membres plongeant dans une vulve nous révulse. Nous sommons l'informateur de fournir des preuves. Son assurance nous trouble. Aucune autre conception n'apparaît pour contrecarrer cette information qui va prendre irrémédiablement une place grandissante dans notre imaginaire.

Avec Joseph, balai et serpillère en main nous faisons le ménage avant le début de la session de printemps. J'arrive à l'aiguiller sur cette fameuse conversation que j'ai eue à propos de la naissance des enfants. Ça me tracasse. Il pose le balai et me demande ce que j'en sais. Son attitude très attentive conforte la sensation que j'ai de la sensibilité du sujet. J'énonce mes connaissances nouvelles. Non, me répond-il, on ne dit pas enculer. Il précise avec un mot simple comme « pénétrer » la réalité de l'acte sexuel. La mise au point lui semble importante. Il la complète en affirmant l'importance des sentiments que la fille et le garçon, plus âgés que moi, puisqu'en âge de devenir parents, doivent ressentir l'un vers l'autre. Son attitude dédramatisante me rassérène. Ce sera notre seule conversation sur ce sujet.

Sans doute fais-je porter à mon père la responsabilité de l'échange que j'imaginais avoir avec ma mère ; celui où j'aurais évoqué mes premières amours, mes difficultés, mes premières peines, auxquelles elle aurait répondu de sa place de femme en me parlant de sa vie.

Jusqu'à quatorze ans je n'ai aucune idée précise de l'âge de Joseph. Il faut attendre cette consultation chez un endocrinologue à propos de ma très grande croissance. Jusqu'où va-t-elle se poursuivre ? Pas de ralentissement en vue alors que j'approche les 1m90. Le médecin ne semble pas inquiet et déconseille l'usage d'hormones susceptibles de freiner cette poussée de croissance étonnante. Pour en savoir davantage il demande son âge à Joseph. Je le sens hésiter. Il sait que je ne connais pas sa date de naissance. Je ne l'ai jamais interrogé à ce sujet. Il sait aussi qu'il paraît plus jeune qu'il n'est. Mais là, il est obligé de décliner l'information . Soixante ans. J'en ai 14. Il est devenu père dans sa quarante septième année. Il devine que cet âge va me surprendre désagréablement. C'est vrai. Pourquoi, en général, enfants souhaitent-ils avoir de jeunes parents ? Pour jouer avec eux, pour une plus grande proximité des idées ?

En fin de semaine, l'hiver, les soirées sont longues. Je prends l'habitude de rendre visite à Irène, la cousine germaine de ma mère. A quelques stations de métro je retrouve chez elle la chaleur d'une famille. En arrivant je subis l'assaut joyeux d'Evelyne et Sylvie, mes petites cousines, les filles d'Irène et Albert. Elles ont quatre et six ans de moins que moi et apprécient mes visites. Elles sont pressées de me raconter leurs histoires, de jouer avec moi. Irène me rappelle parfois d'aller saluer Albert qui tient son atelier de confection dans une pièce de leur appartement. Toujours auprès d'une machine à coudre ou bien les ciseaux à la main, Albert travaille avec abnégation jusque tard dans la nuit. J'aime l'odeur des tissus dans son atelier, le vrombissement rassurant des machines. Un courant de sympathie nous relie, mais je n'ai pas grand chose à lui dire. Nous échangeons quelques mots, puis rapidement je rejoins Irène dans la cuisine. Nous bavardons tout en râpant les carottes. Elle me fait part des succès scolaires d'Evelyne et Sylvie, et s'enquiert de mes études. Au cours du repas toujours animé nous parlons souvent de Santeuil où Irène intervient parfois comme directrice adjointe. Combien d'enfants inscrits pour la prochaine session, quelles monitrices ?

Puis nous passons au salon où trône la télévision, absente villa Sadi-Carnot. Nous ne sommes pas difficiles et bon public. Sylvie prend l'habitude de s'installer sur mes genoux. Elle recherche un contact. Et ça ne me déplaît pas d'avoir une fillette en jupette collée à moi. Evelyne demeure plus réservée. Sur ces moments sensuels aucun mot n'est mis.

Irène annonce l'heure des pyjamas et du coucher. Albert sort enfin de l'atelier, nous prolongeons parfois la soirée devant la télé. Je quitte ce foyer accueillant avec l'impression d'avoir fait une sorte de plein, la remise à niveau du « Tu n'es pas seul ».

105

A Bruxelles, sur la photo de la bar-mitzvah de mes cousins belges Myriam et Michel, ma haute taille m'assigne une place derrière les membres moins grands de notre famille réunie. Cérémonie en grande pompe dont le faste m'impressionne.

Un rabbin présent pour la fête m'entreprend quand j'entre dans le grand salon de réception. D'où viens-je, quel est mon âge, ai-je fait ma bar-mitzvah ? Ma réponse négative l'attriste. Comment être Juif sans « communion » ? Il me fait sentir que je n'appartiens pas à cette communauté qui se serre les coudes depuis des siècle pour résister à l'anéantissement. Il m'exhorte à faire le nécessaire pour rentrer dans le rang. Autrement, je n'existe pas. Je ressens désagréablement cette pression qui suscite plutôt un sentiment de rejet, l'envie de ne rien avoir à faire avec cette histoire là. L'éclat de la fête éclipse cette contrariété. J'observe souvent ma grande cousine Lily, un brune élancée aux yeux joyeux. Elle représente un idéal féminin qui m'attire autrement que de rejoindre le peuple du Livre. Aurais-je un jour une compagne d'une telle allure ?

Santeuil ferme en 1965. Tout un réseau amical fondé sur les retrouvailles pendant les vacances disparaît. Il me faut en reconstituer un autre autour du lycée. Me voilà en face à face permanent avec Joseph. Ma quête d'une mère de substitution s'estompe cependant. J'apprécie les contacts que j'établis avec les mères de mes amis : J.B, J.L. Elles m'entourent de leur affection.

La guerre des six jours éclate le 5 juin 1967. Je me précipite sur la presse que lit Joseph : France soir, Le Figaro, j'écoute la radio, j'achète Paris Match… Pour la première fois de ma vie je suis renvoyé à une identité, même très floue, fabriquée par l'assemblage de considérations qui ont émaillé nos discussions çà et là. Joseph est fier d'Israël. Dans la création de l'Etat hébreu il voit une rédemption de l'homme juif. Auparavant les Juifs sont circonscrits dans l'Europe de l'Est à des tâches spécifiques, tailleur, cordonnier, banquier … La naissance d'Israël offre la possibilité à ses citoyens juifs d'être paysans, maçons, soldats. Des images exaltent les corps en mouvement des pionniers.

Les kibboutz esquissent une organisation sociale plus juste, rendent concret cet imaginaire d'un homme juif nouveau. Joseph ne représente-t-il pas l'exemple même d'une rupture ? N'a-t-il pas été un soldat lui aussi ?

Les nouvelles du front suscitent une grande inquiétude tant en Israël que dans la diaspora. Face à Israël, l'Egypte, la Jordanie, la Syrie composent une coalition arabe dont l'encerclement suscite la peur. Dans ma proche famille, sans que je le sache, c'est le branle-bas de combat. Irène, ma cousine parisienne, se dit prête à recevoir Anat et Daphna, les filles de Wladeck et Lina. L'ombre du passé plane. L'idée d'aller aider Israël m'enflamme subitement, me fait découvrir l'envie d'affirmer une judaïté jusque là très incertaine.

En fait, Israël maîtrise à la perfection la communication sur la guerre préventive qu'il a déclenchée. Au soir de la première journée de combats l'anéantissement de l'aviation égyptienne, puis l'effondrement des troupes au sol les 7 et 8 juin dans le Sinaï lui accordent une victoire nette dont l'information sera contenue le plus longtemps possible. L'émotion en Israël et dans les communautés juives se maintient au maximum durant les trois premiers jours du conflit.

A l'issue de la guerre des 6 jours, tout comme Joseph, j'éprouve fierté et soulagement. Un lien nouveau émerge en moi vis à vis d'Israël Je deviens donc plus clairement un Français d'origine juive. Quelques racincs commencent à déborder du pot de rempotage en culture hors sol ; elles se nourrissent d'une actualité que je ne lâcherai plus.

Trop empêtré que j'étais dans les désirs contradictoires de mes parents, avant 1967, je me souviens m'être tu après avoir entendu de rares réflexions antisémites stéréotypées qui ne me visaient pas personnellement. Le fait de ne pas affirmer mon appartenance distillait une vague honte. Mon nom, mon prénom, mon apparence physique me permettaient de dissimuler ma judéité ; j'utilisais comme mon père cette facilité. Ne rien dire revenait tout simplement à supprimer la question mais pas le malaise qui surgissait.

Avec la guerre des six jours un début de ménage s'opère. Né en France de parents polonais d'origine juive devenus Français par naturalisation, je n'esquive plus mon histoire.

Puis, dans la mouvance de l'après 1968 une autre conscience politique s'affirme. Dans le hall de l'université de Vincennes, la presse de l'extrême gauche, les revues de l'Organisation Juive Révolutionnaire me font découvrir un autre peuple dont j'ignorais jusqu'alors l'existence: les Palestiniens. « Un peuple sans terre pour une terre sans peuple », ce credo du sionisme vient de se fissurer pour toujours. Cette réalité m'éloigne de l'admiration inconditionnelle que voue Joseph à Israël, ce pays nouveau Òqui a rendu aux Juifs du monde entier leur fierté. Admiration renforcée par le voyage qu'il effectue en Israël avec sa nouvelle compagne Marguerite.

Aux yeux de Joseph l'Etat pour les Juifs leur permet définitivement d'échapper aux persécutions. Il m'intime de ne pas oublier la longue histoire tragique qui précède la naissance d'Israël. Nous nous séparons sur la question palestinienne. Comment le peuple juif persécuté peut-il devenir à son tour persécuteur ? Un lent cheminement s'amorce. Ce n'est qu'en participant publiquement, en tant que Juif, à la dénonciation des injustices commises vis à vis du peuple Palestinien que j'assumerai totalement cette part de mon identité. Je consacrerai trois films documentaires à cette question.

Purcell, Bach, Scarlatti, Haydn, Mozart, Beethoven, Chopin, Schumann, Wagner, Debussy, … enchantent la chambre de Joseph. Sa génération passe du fruste 78 tours, ces grosses galettes que déchiffre l'aiguille d'un phonographe remonté à la manivelle, à la fine cellule d'un électrophone effleurant les disques microsillons 33 tours. Au pied de son lit un meuble en bois sombre combine électrophone et radio. La grande musique à la portée du peuple, summum de la modernité.

Souvent le soir, il choisit l'œuvre accordée à son humeur, s'allonge pour l'écouter. Parfois, j'entre dans cette chambre aux volets clos, j'étale au sol la couverture soigneusement pliée sur un coffre en bois, celle qu'il utilise tous les matins pour la gymnastique. Nous écoutons ensemble, reliés par l'indicible. Au fur et à mesure des écoutes, une histoire de la musique se structure ; j'arrive à percevoir la touche nouvelle qu'apporte chaque compositeur, les nouvelles émotions qu'elle suscite.

Sur le rayon bibliothèque du cosy attendent ses livres de chevet. Les romans du moment empruntés à la bibliothèque de la rue Fessart et les inamovibles, Gide, Arnaud Desjardins, Krishnamurti, Theillard de Chardin, « Les vers dorés » de Pythagore … Alors que je grandis une complicité se noue progressivement autour de livres qui me sont accessibles que je lis parfois après lui, Huxley, Merle, Kessel, … J'apprécie ce goût qu'il a pour la littérature, le chemin qu'il a parcouru, l'autodidacte cultivé qu' est devenu le petit ajusteur outilleur polonais.

Lentement, sur plusieurs années, se précisent les préoccupations qui l'habitent. Il me parle de « l'Eveil » comme du but ultime d'une vie d'homme. Cette notion d' « éveil » qui postule la possibilité d'échapper au conditionnement ordinaire par un travail sur la conscience impressionne l'adolescent que je deviens. J'imagine un seuil, un passage qui permet aux postulants de s'affranchir des tourments de la vie. Le ton des paroles de Joseph dénote une profonde conviction. J'éprouve une attirance pour ce discours qui rend responsable de leur devenir ceux qui y adhèrent. Bien avant la classe de philo apparaissent les termes d'égo, de moi, de désir, de détachement, de travail sur soi, de non dualité, de révolution personnelle, de méditation. Ces notions touchent une demande de dépassement, d'absolu, que j'ai en moi et m'influencent durablement. Mais à aucun moment Joseph ne me pousse à étudier, à pratiquer cette façon d'appréhender le monde.

Sur un programme de conférences nous découvrons que G.K. - mon prof de français en classe de seconde et de première - donne une conférence sur l'hindouisme. Avec Jo, nous allons l'écouter. Ce que j'entends légitime les paroles paternelles. Je ressens néanmoins les « voies » de l'Eveil comme un engagement. Je l'estime trop radical à mon goût.

110

En seconde, le conseil de classe se prononce pour un redoublement. La mortification que je ressens alors que je suis le premier de la classe en français s'estompe vite quand j'apprends que je suis réorienté dans la nouvelle section littéraire qui vient d'être créée. Elle propose aux non latinistes et non hellénistes une étude de textes anciens traduits. Riche initiative qui permet non seulement l'accès aux textes mais aussi à des éléments de civilisation. D'Homère à Virgile, en passant par les dramaturges grecs et latins et bien d'autres, un continent à défricher surgit. Cette réorientation contribue à me stabiliser, m'octroie une confiance en moi. Jo s'inquiète moins pour mes études. Il m'accorde une confiance qui contribue à me rendre autonome. Dès seize ans, avec J.K. et Claude R. nous effectuons à vélo un tour de Bretagne qui se termine par les châteaux de la Loire. D'auberge en auberge (de jeunesse) ou en camping, nous prenons la route pour un mois sans supervision parentale. La griserie du retour à vélo de nuit après le son et lumière de Chambord répand ses vapeurs enivrantes que le temps ne peut dissoudre.

Jo vient d'acheter à la Villeneuve sur Morin en Seine et Marne un bout de terrain boisé sur lequel il fait installer un chalet en bois dont les finitions seront à sa charge. Il se dit partagé ente son désir très concret de construire, son goût pour les activités manuelles, et son aspiration à se consacrer à l'étude et à la méditation. Cette vision très pascalienne de la passion en tant que divertissement recoupe mes études littéraires au lycée. Elle me marque profondément et me donne un rapport ambigu face au désir. En classe de philo, l'étude du mythe platonicien de la caverne entre en résonance avec ce que Jo m'a transmis. Sortir de la caverne, n'est-ce pas une sorte d'Eveil ? Jusqu'en terminale je fais mienne cette vision « idéaliste » du monde. La rencontre avec Marx et Freud élargira mon point de vue. Commencera le temps des divergences.

Pour Jo, suivre sa voie, se concrétise par des séjours en solitaire à la Villeneuve. Il tient à cette solitude propice à l'introspection. Il atteint une sorte d'équilibre. Il perfectionne le chalet, lit, écrit son journal, écoute de la musique, contemple la nature. Le week-end sur sa mobylette bleue, à soixante dix ans passés, il transporte Marguerite depuis la gare de Guérard jusqu'au chalet de la Villeneuve. Eternels amoureux allant au bal. Elle est sa dernière compagne. Son extrême gentillesse correspond trait pour trait au caractère d'Hélène qu'il me décrivait quelques années plus tôt. Mais il lui impose de ne pas vivre le quotidien à deux pour éviter l'usure du couple dans la routine, cette mégère. Chacun chez soi. Ils passent les week-ends et les vacances ensemble.Quelques belles années les accompagnent. Je suis heureux pour lui.

Jo a rempli un contrat que je lui avais secrètement fixé du fond de mon lit aux lendemains du décès de ma mère. Il n'en a jamais rien su. Ne risquais-je pas de le perdre lui aussi ? L'objectif assigné était qu'il vive jusqu'à ce que j'atteigne l'age de mes trente ans. A dix ans j'estimais qu'à trente ans je serais assez grand pour me passer de lui. Pour mon bonheur, il m'a offert une douzaine d'années supplémentaires. Le temps pour moi de recevoir les derniers enseignements : le voir vieillir, décliner, et face à la mort. Le balisage d'un chemin.

13 – Colbert, un lycée de garçons

En 1960 on entrait au lycée dès la 6ème. Pour aller au lycée Colbert dans le 10ème arrondissement, il me fallait prendre le métro à la station Botzaris et descendre quatre stations plus loin à Louis Blanc. Près de la sortie, au pied d'un passage piétonnier régulé par un feu tricolore, l'emplacement était idéal pour l'installation d'un marchand de bonbons. Le commerce bénéficiait conjointement de la proximité du lycée et du feu tricolore qui obligeait à l'arrêt quand les voitures roulaient. L'étal en plein air nous appâtait, riche en carambars, réglisses, boules de coco multicolores, mistrals gagnants, roudoudous, malabars et autres confiseries. A l'aller, c'est à peine si j'y jetais un coup d'oeil. Certains jours, au retour, grâce à quelques piécettes glanées sur la monnaie des courses, je partageais des sucreries avec les acolytes du moment.

Trois portes en plein milieu de la façade austère permettaient d'entrer au lycée. Celle du milieu s'ouvrait seulement pour les grandes occasions. En la franchissant on débouchait sur un court escalier monumental au sommet duquel trônait la statue de Colbert. Derrière elle une grande plaque de marbre portait les noms des élèves disparus durant les deux guerres mondiales.

Les deux autres portes latérales s'ouvraient également sur un escalier qui donnait accès aux préaux et à la cour intérieure. Quelques héroïques platanes se sacrifiaient pour apporter un brin de verdure. La cour était suffisamment vaste pour contenir les quelques six cents élèves qui fréquentaient le lycée. En cas de pluie les arcades soutenant le premier étage et les préaux constituaient un abri efficace.

Par le préau de gauche (en regardant vers la sortie) on accédait à la salle de musique. Elle était disposée en gradins face à la chaire centrale. De l'extérieur on pouvait parfois entendre en sourdine les courtes mélodies que les professeurs de chant proposaient à un public peu réceptif.

Car si l'éducation musicale pour tous demeurait un objectif non négociable de l'école républicaine, les élèves dans leur grande majorité considéraient cet enseignement comme tout à fait superfétatoire. Un couple d'enseignants portait cette lourde charge : faire goûter aux masses d'élèves les joies raffinées de la culture musicale.

Les professeurs de musique étaient plutôt jeunes – autour de la trentaine. Madame S. s'occupait des 6èmes et des 5èmes et monsieur S. des niveaux plus élevés. Petite femme brune, cheveux courts, regard perçant dans un écrin de mascara, madame S. réussissait assez bien à tenir sous son autorité une trentaine de garçonnets persuadés que le cours de musique n'avait pas une grand importance dans le déroulement de leurs études. Mme S. possédait l'expérience du dompteur. Pour se faire respecter elle maniait très promptement l'arsenal des punitions. Gare aux heures de colle. Elle les distribuait sans semonce et offrait aux élèves tentés par le chahut un temps propice, le mercredi après-midi, pour méditer sur leur comportement et sur l'attitude qu'ils allaient dorénavant adopter en cours du musique.

Avec quelques élèves qui pratiquaient un instrument en dehors de l'école je me sentais à l'aise durant les cours. L'échauffement consistait à chanter quelques arpèges de la gamme majeure. Notre choeur était accompagné par un guide-chant, cet orgue miniature

114

ventilé par un levier que le musicien actionne de la main gauche pendant que la droite pianote une mélodie plaintive sur le clavier. La dictée musicale n'offrait aucune difficulté aux élèves déjà musiciens, alors que les non musiciens transpiraient durement sur l'exercice de reconnaissance des notes et leur transcription sur une portée. De même notre oreille était déjà formée pour faire la différence entre un concerto de Bach ou une symphonie de Beethoven dont les premières sonorités nous parvenaient grâce à un électrophone. Je n'avais donc aucun effort particulier à fournir et pouvais me consacrer à l'essentiel : l'observation du décolleté que nous offrait madame S.

Elle possédait là une arme qu'elle maîtrisait parfaitement. Quelle que soit la saison elle était vêtue d'un pull au col en V qu'elle portait à même la peau.
Des lainages très doux, genre mohair ou alpaga, aux couleurs plutôt sombres – vert, bleu-nuit, noir– mettaient en valeur la carnation de sa peau de brune. Ce décolleté nous hypnotisait. On apercevait le début du renflement des seins. Nous guettions les rares instants où, derrière le bureau surélevé, elle se penchait en avant vers nous ; une attitude qui nous permettait d'en voir un peu davantage.

Alors que nous la pensions totalement absorbée par le remplissage du registre de présence ou par quelque autre écriture, elle relevait tout d'un coup la tête pour vérifier qu'elle tenait bien la classe sous la coupe de ses charmes. Dans son regard sévère on pouvait deviner un mélange subtil : certitude de son pouvoir et commisération pour nous qui y succombions. Si parfois la classe était malgré tout un peu agitée, madame S. n'eût jamais à affronter un véritable chahut.

Une autre brune séduisante nous tenait fermement sous sa coupe. Madame L. A peine avais-je pénétré dans sa classe que j'étais déjà conquis. Visage fin, yeux bleus – les brunes aux yeux bleus représentaient mon idéal féminin – elle portait un tailleur ajusté, des talons mi-hauts très sages, un chemisier qui ne laissait rien deviner, un maquillage raffiné, un parfum suffisamment prononcé pour couvrir les odeurs de la harde que nous formions.

Lors du premier cours, le jour de la rentrée, elle nous informa de son intention de nous faire découvrir de nouveaux sons et nous demanda si nous avions tous nos manuels avec nous. J'avais hâte de briller à ses yeux et avant tous mes condisciples je brandis hors de mon sac le livre de solfège. Gagné ! J'étais le premier. D'un rire argentin elle anéantit mon zèle en déclarant que nous étions en cours d'anglais. Ce détail m'avait échappé. Malgré cet échec mon goût pour la langue anglaise ne s'est jamais démenti.

Cette classe de 6ème bénéficiait d'un encadrement féminin propice à tous les rêves. La réputation de la professeure de sciences naturelles, mademoiselle D., dépassait largement le domaine des paillasses carrelées en blanc où elle exerçait.

La rumeur disait qu'elle avait participé en athlétisme aux derniers jeux olympiques. Jeune femme blonde, élancée, aux proportions idéales, quand elle se déplaçait avec aisance parmi nous on devinait son corps souple malgré la blouse blanche qu'elle ne quittait jamais. Posée, la voix douce, elle savait parfaitement nous intéresser à la matière qu'elle enseignait. Grâce à elle les particularités de la paramécie, les caractéristiques des roches métamorphiques livrèrent leurs secrets. Mais ce qui retenait toute mon attention quand elle circulait parmi nous et qu'elle montait sur l'estrade tenait au profil de ses mollets.

Je n'en avais jamais vu de pareils. Des mollets de coureuse. Un évasement généreux s'amorçait au dessus de chevilles fines : deux masses vivantes dont le galbe prononcé captivait le regard. Je ne pouvais que rêver de la main qui rencontrerait ces courbes, en vérifierait l'arrondi ferme, ferait rouler les muscles sous les doigts.

Un heureux élu put jouir de ce privilège : l'homme qu'elle épousa et qui fit qu'elle devint Madame S. au cours de l'année de 5ème.

En classe de seconde madame P. la professeure d'histoire-géographie surfa toute l'année sur l'effet que produisait sur nous ses longues jambes qu'elle croisait et décroisait assise à son bureau. Longiligne, limite maigre, avec un visage presque ingrat, elle détenait le superbe atout d'une paire de jambes que nous jugions parfaites. Les élèves du premier rang – qui n'auraient pour rien au monde cédé leur place – se vantaient même d'avoir vu l'éclair blanc d'une petite culotte. Sans jamais donner l'impression qu'elle connaissait l'effet qu'elle produisait sur nous, elle poursuivait imperturbable un cours solide.

Chaque fois que notre conversation dérivait sur un détail en rapport avec son physique un intérêt renouvelé allumait nos regards.

Une autre professeure me laissa tout mon temps pour imaginer les différents ébats que nous pourrions avoir elle et moi.

Madame B. fut ma professeure de français pendant trois ans, de la troisième à la seconde, puis en terminale. Cheveux châtains aux ondulations apprêtées, visage aux traits réguliers, de taille moyenne et bien proportionnée, elle portait souvent des pulls assez près du corps qui mettaient en valeur sa poitrine. Toujours en jupe, ses jambes étaient agréables à voir. Maquillée sans outrance, elle rassemblait les traits de ce que j'imaginais être la féminité. C'est elle qui nous ouvrit les portes du théâtre classique, et de la poésie rimbaldienne. Pas évident d'intéresser ce public de la section dite « moderne », dont l'aboutissement devait être la classe de math-élémentaires. Avec elle, je confirmais mon aisance dans la matière. A tel point que l'idée de devenir à mon tour prof de français commença à germer, à prendre de l'importance. Ainsi pouvais-je répondre sans embarras à la sempiternelle question des adultes : « Et toi, que veux -tu faire plus tard ? ». Ma réponse brève plutôt appréciée permettait d'échapper à un interrogatoire pesant. En fin de seconde mon père prit rendez-vous avec elle pour s'informer de la voie à suivre. J'entendis parler du CAPES (certificat d'aptitude à l'enseignement secondaire) pour la première fois ; j'eus l'impression d'une voie semée d'obstacles mais dont l'accès était encore lointain.

En terminale je retrouvai madame B. cinq heures par semaine. Enseigner dans cette nouvelle terminale littéraire « moderne » (sans latinistes ni hellénistes) représentait une première pour elle. Elle s'y engagea avec ferveur et réussit à nous intéresser sans déclencher pour autant l'admiration que suscitait son collègue responsable de la terminale littéraire – dite classique – avec ses latinistes.

J'avais pour ambition d'être bien considéré par elle, de rester à la tête de la classe. Je pris l'habitude d'aller en bibliothèque pour étoffer le contenu de mes dissertations. Cette démarche s'avéra suffisante. Mais mon attirance pour elle s'amenuisa.

En terminale, dans notre classe de philo, trois filles firent leur apparition. Ce n'étaient pas les premières filles à suivre leur scolarité dans ce lycée de garçons.

Depuis trois ans déjà une petite vingtaine d'entre elles investissaient les classes de terminale du lycée. Elles rendaient concrète la loi de 1959 sur la mixité qui peinait à se généraliser. J'imaginais que la proximité de l'établissement par rapport à leur domicile l'emportait sur la difficulté d'être si minoritaires dans un environnement principalement masculin. Ce ne devait pas toujours être confortable pour ces filles d'être constamment dévisagées, parfois avec insistance. En étude par exemple, elles ne pouvaient échapper aux regards. Je ne manquais pas de les observer avec attention, surtout celles qui me plaisaient. Je m'efforçais que mon observation ne soit pas pesante. Parfois les regards se croisaient. Un échange indéchiffrable.

Dans notre classe aucun lien ne se noua entre les trois filles et la majorité des garçons. Celle que nous estimions la plus mignonne vivait déjà en couple avec un garçon extérieur au lycée. Les deux autres qui n'étaient pas des élèves brillantes restaient discrètes et ne modifièrent pas sensiblement l'atmosphère de la classe.

A Santeuil j'avais vécu bien d'autres situations. Il ne fallait pas compter que le lycée Colbert devienne le lieu des rapprochements espérés.

14 - Amour, amitié

Tout en espérant trouver au plus vite une âme sœur féminine, néanmoins pourvue d'un corps accessible, j'éprouve aussi de l'amour pour des garçons. Désir d'exclusivité dans la relation, attente d'attentions et de moments à partager. Mais peut-être est-ce cela l'amitié ? Je ne ressens pas de désir pour eux sans ignorer leurs corps pour lesquels je peux avoir une attirance. Des corps beaux pour certains, ou qui possèdent quelque chose de particulier qui me devient familier, aimable.

Depuis longtemps je remarque J.B. mon aîné d'un an ou deux. Grand, sec, limite maigre, cheveux châtain clair, brosse mal taillée avec épi irréductible, légèrement voûté, visage en angles vifs, ongles rongés.

La séduction qu'il exerce sur moi provient de sa manière d'habiter cette carcasse et de ses attitudes originales. Nous ne sommes pas dans la même classe. J'ai dû le remarquer dans une sorte d'étude du soir où Jo m'a inscrit pour faire mes devoirs. C'est à la cantine que je décide de l'aborder. Il aide les femmes de service à débarrasser les tables, à nettoyer le réfectoire. Je soupçonne qu'il en retire quelques avantages, quelques gâteries. Je l'entreprends sur le sujet et découvre surtout le respect dans lequel il tient ces travailleuses pour lesquelles les demi-pensionnaires ont peu d'attention. Il ne nous viendrait pas à l'idée d'entamer une discussion avec ces femmes plutôt âgées issues d'un milieu modeste. Les plus délurés d'entre nous tentent de les amadouer pour obtenir parfois un peu de rab. Ils ont appris à connaître leur prénom et abusent de cette familiarité pour tenter d'obtenir des faveurs.

Plutôt que traîner dans la cour ou s'ennuyer sur les inconfortables bancs en gradin de la permanence sous la coupe d'un pion irascible exigeant le silence, J.B. préfère l'ambiance active de la cantine. Les cantinières, apprécient ce renfort inattendu, efficace. Les bruits des assiettes débarrassées dans des seaux, celui des nouvelles posées à toute vitesse sur les grandes tables de huit pour le second service, le cliquetis des couverts, le bruit mat des verres épais, tout ce tintamarre résonne et produit une excitation industrieuse.

Je participe quelques fois à cette agitation, et partage avec lui quelques desserts mis de côté. L'hiver, la cantine surchauffée comme une piscine devient très accueillante en dépit des odeurs persistantes de saucisses grasses, de choucroute, ou de pelure d'orange. Mais l'important est ailleurs. J'ai envie de me rapprocher de lui.

L'entreprise prend du temps. Mes alliés sont la littérature et la géographie du quartier, car J.B. habite dans un groupe d'HLM à mi-chemin de mon trajet pour aller au lycée. De Château Landon à Botzaris, mon itinéraire quotidien s'égrène en cinq stations de métro. Il m'arrive parfois de revenir à pied. Deux itinéraires s'offrent à moi, passer par le haut ou le bas des Buttes Chaumont.

J.B. ne prend pas le métro; je m'invite sur ce chemin de retour quand nos heures de sortie coïncident. Il n'est pas très accueillant mais ne me dissuade pas. De quoi parlons-nous ? Des livres que nous lisons, ceux de nos programmes scolaires, ceux que nous découvrons en dehors. Ce penchant pour la lecture rend possible un rapprochement.

Jusqu'au jour où J.B. m'invite à monter chez eux, les B. J'ai toujours une grande curiosité à l'égard des endroits qu'habitent les autres et cette invitation marque une avancée dans l'intimité que j'apprécie. Quelques grands immeubles se tiennent avec raideur dans un square doté de pelouses parcimonieuses et de rares arbres. L' appartement dans lequel la famille B. s'est installée me semble clair et spacieux. J.B. dispose d'une chambre pour lui. Trois autres chambres hébergent deux sœurs et les parents. Un grand frère et une grande sœur ont quitté le nid. Dans la chambre de J.B. peu de choses. Un lit, un bureau, une armoire, des livres.

Il me montre des auteurs, des poètes que je connais peu. Il se passionne pour les Parnassiens, les Symbolistes, et s'enflamme pour Mallarmé. Je reconnais la beauté formelle des textes mais ne ressens que peu d'émotion. Il m'en lit quelques-uns à voix haute, et s'essaie à me les rendre plus accessibles. Cette déclamation attire Cathie, sa sœur aînée d'un an, qui entrouvre la porte.

Menue, elle ressemble à J.B. avec des traits plus doux. Des cheveux blond foncé s'échappent de la queue de cheval sévère et frisent sur les tempes; cette coiffure dégage entièrement son visage fin. Sa voix douce, un peu haut perchée nous interpelle. « Vous faites quoi, les garçons ? ».

J'aime passer rue Armand Carrel plutôt que de me retrouver seul à la maison. Je fais connaissance de la mère de J.B. Je reconnais tout de suite en cette femme une mère. Pour quelques instants elle endosse ce rôle que je lui assigne sans mot dire. Autour d'une limonade, d'un gâteau, elle écoute avec attention des bribes de mon quotidien : le lycée, les ragots sur les profs que J.B.

connaît bien, mes projets. J'envie J.B. d'être entouré de l'amour de cette femme si attentive, si accueillante, si respectueuse des différences entre ses cinq enfants.

Bientôt Cathie s'invite dans mes échanges avec J.B. Elle remarque mon goût pour l'écrit, relit mes dissertations, souligne ce qui lui plaît, gonfle mon amour propre par ses commentaires, provoque des discussions. Entre J.B. et elle, je me sens bien. J'aime leur complicité, leur fraternité, le fait qu'ils m'apprécient. Je déplore ma solitude quotidienne. Mon père a vendu Santeuil, j'ai perdu ces rendez-vous privilégiés avec les amis qui ont grandi avec moi.

Ma rentrée en classe de Première est perturbée par un séjour de cinq semaines à l'hôpital de Coulommiers. C'est une vilaine entaille au dessus de la cheville, provoquée par le disque de la débroussailleuse toute neuve qu'utilise mon père pour nettoyer le terrain qu'il vient d'acheter en Seine et Marne. La plaie nécessite une opération d'urgence, un dimanche. Dans l'instant, mon père est consterné, il vient de blesser son propre fils. Je m'étais beaucoup trop approché de l'engin. Je n'ai encore aucune idée des séquelles de cet accident qui provoquera une légère boiterie à vie. Je découvre le fonctionnement d'un hôpital de province.

Mon ami, Michel G. m'envoie les cours et les devoirs à faire ; mais surtout, je reçois de nombreuses lettres de Cathie. Dans chacune d'elles, sur plusieurs feuillets, d'une écriture serrée, elle me parle longuement de son quotidien, des émotions de toute nature qui ponctuent ses journées. Elle évoque des sensations intimes liées à sa perception d'elle-même. J'aime et je redoute de recevoir ces courriers. Les dissections subtiles de ce qu'elle ressent me déroutent; j'y sens une attente diffuse à laquelle je ne sais pas répondre. Je manque de maturité, d'expérience, de clairvoyance.

Entre les soins je passe une bonne partie de la journée à rêvasser, à travailler un peu (mais mon esprit n'est pas à la tâche), à observer le manège amoureux de mon voisin de chambre qui, en dépit ou grâce à sa jambe plâtrée, a séduit une jeune aide-soignante. Pour n'importe quel prétexte cette brunette élancée entre, engage un bécotage bref, frénétique, dont j'aurais bien aimé bénéficier aussi de quelques retombées. Ces irruptions incongrues modifient le climat aseptisé de la chambrée et pimentent d'un zeste de réalité les histoires insipides des romans photos qui passent de lit en lit et que je lis pour tuer le temps.

Ces histoires d'amour stéréotypées n'auraient jamais capté mon attention si de jeunes modèles féminins ne peuplaient ces revues en incarnant des secrétaires, des infirmières, de pauvres ouvrières trouvant un prince charmant, des bourgeoises égoïstes, des femmes abandonnées ou séductrices, etc … Chaque épisode ou presque comporte un moment où les héroïnes changent de tenue pour évoluer en maillot de bain au bord d'une piscine de rêve, ou pour recevoir leurs amants en nuisette sexy, dénudant des corps parfaits qui titillent mon imagination.

J'aime Cathie, mais je ne la désire pas. A mon retour de l'hôpital, elle me présente ses copines des tours voisines : A.M et M.N. Nous aimons nous retrouver, bavarder jusqu'à plus soif, aller chez les uns et les autres, aller au cinéma du T.E.P. (théâtre de l'Est Parisien). Dans ce groupe, chacun cherche son chat. L'heure des marivaudages arrive, des temps confus pour moi.

Une même ligne d'horizon nous appelle : vivre une expérience amoureuse qui nous permette d'expérimenter une relation sentimentale et sexuelle. Précisément, d'expérience, dans le carcan de lycées non mixtes, nous en manquons tous.

Par ailleurs, aucune des filles de notre petit groupe ne m'inspire de sentiments forts, ni même une attirance physique tels que j'ai pu en connaître à Santeuil. Grand de taille, réservé, je donne l'apparence d'une maturité que je n'ai pas ; j'en joue, tout en sachant qu'il serait facile de s'apercevoir en grattant un peu que je suis timide, peu sûr de moi et surtout que je n'ai pas grand chose à dire. A Santeuil j'ai surtout appris à partager des activités, j'aime « faire » avec d'autres. Je n'ai pas cette faconde que j'envie chez ceux dont le moindre incident favorise des développements humoristiques. Mais je devine que je plais à Cathie, à M.N et A.M ses amies, deux sœurs jumelles qui habitent l'immeuble voisin. Lorsque Cathie me les présente toutes deux ensemble j'entre dans un gynécée. Leur féminité m'entoure, leur blondeur m'irradie, leurs rondeurs m'assaillent. A.M. suit une formation d'infirmière, M.N. prépare un bac technique.

Notre groupe rétablit une mixité qui me manquait depuis la fermeture de Santeuil. Si elle ne nous permet pas encore de vivre ce à quoi nous aspirons, au moins permet-elle de patienter et nous prépare-t-elle à l'échange duel que nous souhaitons. Celui où il faudra reconnaître aussi la demande de l'autre.

Aucun d'entre nous n'a envie d'aller en boîte pour danser et draguer, mais l'idée qu'on puisse se retrouver pour des danses collectives nous séduit. Je raconte les cours du soir de danses collectives que je suis dans le cadre des CEMEA, parle de mon goût pour ces danses d'inspiration traditionnelle. J.L. en connaît quelques unes aussi. L'idée de danser entre nous fait vite son chemin.

Cathie déniche une petite salle associative qui nous permet de nous retrouver après le lycée. Les premières séances sont grisantes. Le rapprochement des corps en mouvement nous enchante. A travers polkas, cercles, danses en ligne, valses pour ceux qui savent, nous redécouvrons ainsi les fonctions premières de ces danses, le rapprochement des corps. Mais nous épuisons rapidement le répertoire. Feu de paille.

Mai 68 me surprend à plusieurs égards et m'ébranle tant sur le plan politique que sentimental. Une accélération du temps, un dégel de banquise, une chance inouïe pour ma génération …

Jusqu'à Mai, je n'existe pas « politiquement ». Je vis dans l'ombre de Joseph, de son histoire. C'est un gaulliste convaincu. Sa participation à la Libération de la France l'auréole à mes yeux.

Jusqu'en terminale, je n'ai participé à aucune manifestation, ne me suis intéressé à aucune cause politique. L'engagement ne fait pas partie de la culture paternelle. Les grandes manifestations de Mai me happent. Descendre dans la rue avec les profs, rejoindre en cortège les marées humaines qui défilent, quel baptême ! Mais je suis trop ignorant, trop en retard pour comprendre les enjeux, pour m'impliquer politiquement. D'instinct je trouve ma place du côté des contestataires, du côté de ceux qui souhaitent par cette explosion soulever la chape de la morale, de l'autoritarisme, des convenances. Mai 68 pour moi, c'est une grande pagaille joyeuse. Il n'y a plus cours alors que le baccalauréat approche. Les rues de Paris sont vides de circulation, il n'y a plus d'essence, sauf du « deux temps », un mélange pour les deux roues. Avec J.B. de nuit, cheveux au vent, nous sillonnons en mobylette les grandes avenues sans voitures. Notre petit groupe profite des pelouses des Buttes Chaumont enfin « libres » elles aussi. Les portes du parc restent ouvertes toute la nuit. Tard le soir, nous palabrons allongés sur l'herbe. Nous suivons dans la presse, à la radio, les affrontements sur les barricades dont j'aperçois les restes calcinés le matin. Je découvre la Sorbonne vénérable, occupée, les murs bigarrés d'affiches. Lentement une autre façon de voir le monde recouvre l'ancienne. Combien de temps va durer cette incroyable césure, et jusqu'où ?

Chez J.L. nous écoutons l'allocution du Général. Le ton annonce la reprise en main, la fin de la fête. En l'écoutant, la tristesse nous envahit, une colère s'enracine. Sans l'avoir réalisé, j'ai viré de bord. Le De Gaulle qui s'adresse à nous, solennel, grave, a perdu le prestige dont l'avait doté mon père. Le monde « gaulliste » ne me convient plus.

Le soirées du printemps 68 sont longues. « On se laisse griser, la sève est du champagne et vous monte à la tête... On divague ; on se sent aux lèvres un baiser ».

Un soir Cathie, les jumelles et moi n'arrivons pas à nous séparer. Nous nous retrouvons affalés à quatre sur le lit d'A.M. pour écouter de la musique.

Le jour s'éteint sur la grappe de nos corps enchevêtrés. Nous nous resserrons les uns contre les autres lovés dans la bulle de musique.

Ma tête d'abord appuyée sur l'épaule d'A.M. adossée au mur a lentement glissé sur sa poitrine accueillante. Sous ma joue je sens le renflement de ses seins. Jamais, depuis la tendre enfance je n'ai été aussi près d'une poitrine de femme. Moi-même j'accueille M.N. au creux d'un bras et ma main s'est doucement emparé d'un de ses seins sans qu'elle ne dise un mot. Cette autorisation tacite me transporte. L'arrondi tiède emplit ma paume. Le plaisir que j'en ressens égale ce que j'avais imaginé. Cathie s'est blottie entre mes jambes. De temps à autre, l'un d'entre nous se lève pour remettre un disque. Peu importe le titre. L'important c'est de reformer notre sculpture enchevêtrée, que s'étire le plus longuement possible ce moment de volupté …

J'ai invité Bo. dans notre petit groupe. Sa singularité m'attire. Il parle souvent de ses origines russes. Ses questions en cours de philo traduisent une curiosité intelligente. Beau brun massif, au système pileux abondant, rasé de frais tous les matins pour tenter de contenir l'exubérance d'une barbe pleine de vitalité, tiré à quatre épingles, l'expérience qu'il semble avoir des femmes m'attire vers lui et me pousse à le connaître davantage.

Lui aussi habite près des Buttes. En chemin, il me raconte ses dernières conquêtes, comment il joue du commerce de ses parents qui tiennent un magasin de fruits et légumes pour décontenancer les filles qu'il aborde et séduit. Quand elles lui demandent ce qu'il fait dans la vie, il se présente comme un vendeur de pommes de terre. Le hiatus entre son niveau de langage, sa culture et sa profession intrigue les demoiselles qui veulent en savoir davantage. La tactique marche.

À ce Casanova de la patate je confie mon impatience. Comment passer le mur du sexe ? Comme je n'ai pas de pommes de terre à vendre, j'ai un projet de voyage en tête. Au printemps Bo. et moi partons en stop vers la Belgique. Je renoue avec le plaisir du voyage. En Belgique mes cousines parisiennes passent leurs vacances à Knockk-le-Zoute au bord de la mer. Un beau prétexte pour voyager.

Bo. emmène son appareil photo. Sur le premier cliché qu'il prend je suis assis à l'avant de la première voiture qui s'arrête. Lui est derrière. Un cadrage insolite. me fait découvrir l'intérêt de garder l'appareil photo près de soi, de prendre des instantanés non posés des actions en cours. Les différentes possibilités de cadrage, de choix de la vitesse, d'ouverture, ouvrent sur le plaisir d'une création. J'aime aussi ce supplément de mémoire qui en résulte.

Sur place Bo. enchaîne photos et sourires. Son charme ensorcelle mes cousines Evelyne, Sylvie et Mimi. Les raisins sont vraiment verts, elles n'ont que quatorze et douze ans. Même s'il les taquine physiquement, il garde avec elles une attitude fraternelle.

Cette escapade nous a rapprochés. Je l'invite à partager les sorties à la campagne que nous organisons entre nous à Touquin, en Seine et Marne, dans la résidence secondaire des parents de J.B. et de Cathie, puis à Auvers sur Oise, chez les parents de Michel G.

Les photos de Bo. fixent des moments de vie, légers, heureux, en dehors des parents. J'ai le sentiment que nous devenons les jeunes adultes que nous attendions d'être. Ces sorties confirment notre autonomie, la capacité à nous organiser sur le plan matériel, à vivre ensemble, entre nous.

A Paris, Bo. m'invite le soir pour assister au développement des photos. Je pénètre dans son petit labo et découvre la magie des tirages, la place de démiurge près de l'agrandisseur. Suspendus par des pinces à linge, les feuillets noir et blanc gorgés d'eau racontent ces instants où le temps a été arrêté.

Les photos immobilisent, mais entre nous tout bouge en cette fin de Mai 68. J.L. et Bo. remarquent bien la place vide à côté de Cathie malgré la complicité qui me lie à elle. Cette place je n'ai pas voulu l'occuper amoureusement. Question de désir, question d'image. Mon fantasme d'une femme plus sophistiquée dans son apparence, plus plantureuse, me tient par le bout du nez. Des manœuvres d'approche commencent. La partie se joue rapidement. Bo. possède toutes les qualités d'initiateur que souhaite Cathie. Il sait répondre à son attente sensuelle, à son envie de s'engager. Bien plus fin que les trois capitaines de Brassens qui du haut de leurs suffisance passent à côté d'Hélène, Bo. devine bien les trésors qu'il va trouver. Pas seulement un corps fin, gracieux, une peau d'une douceur inégalée ; mais une sensibilité étonnante, une spontanéité, un appétit enthousiaste pour la vie.

C'est au moment où leur couple se forme que je comprends qu'une porte se ferme pour moi, que je réalise à quel point je tiens à Cathie, à la gratification que je retirais de notre relation. Je paie le prix d'avoir fait durer une demande que je ne pouvais satisfaire, d'avoir été incapable d'en parler. La solitude s'insinue. Dans un cahier d'écolier, je décide de relater cette première grande blessure sentimentale. J'essaie d'analyser, de comprendre et trouve dans l'écriture le moyen non seulement de fixer le flux de la pensée mais aussi l'outil pour approfondir la réflexion.

Le prof de philo organise des oraux pour nous préparer au bac.

Nous tirons des sujets au sort et nous nous essayons à leur développement. Les élections des premiers délégués élèves au conseil de classe ont lieu. Une réforme voulue par Edgar Faure. Pour cette première historique des lycéens vont pénétrer dans le saint des saints, la salle du conseil de classe. Située près des bureaux de la direction, c'est là où auparavant, dans le secret absolu, le sort de chacun était fixé. Le parquet ciré soutient une grande table rectangulaire, un buste de Jules Ferry surplombe les membres du conseil. L'endroit transpire la solennité. Mais la réforme autorise à présent les délégués élèves à siéger. J'ai été élu par mes condisciples. Ce choix m'honore et met en lumière un aspect de moi que je découvre. J'assiste à cette première partie du conseil au cours de laquelle les enseignants délivrent les mentions qui figureront sur nos livrets scolaires. « Doit faire ses preuves », « Satisfaisant », « Mérite de réussir ». J'obtiens le précieux sésame.

Puis c'est le bac, le seul bac entièrement oral que la France ait organisé. Cela fait mon affaire. Je me suis totalement désintéressé des matières autres que littéraires. Ailleurs, en maths, en allemand mes notes frôlent le plancher. Le soir même, les résultats nous sont donnés. J'obtiens enfin ce diplôme que j'ai tellement redouté ne jamais obtenir. D'autres portes s'ouvrent.

En juillet je vais encadrer ma première colonie de vacances. Je passe de l'autre côté.

15 - « Lui » et moi

Au sommet de la poubelle, près du pont d'Austerlitz, la couverture colorée, attire nos regards. On devine une silhouette féminine. Je m'approche et découvre un exemplaire du magazine « Lui » en parfait état. En cet été 1964, un voyageur l'a visiblement abandonné comme une invitation à un nouveau feuilletage que J.K. et moi acceptons sans manière.

A l'époque « Lui » s'auto définit comme une revue de charme. Sans analyser l'empilement des hypocrisies sous-tendues par une telle présentation, J.K. et moi tombons immédiatement d'accord sur la force du charme qu'exercent sur nous toutes ces photographies de corps féminins dénudés.

Nous ne connaissons pas cette revue lancée par un habile éditeur qui sait bien qu'existe un public de consommateurs en attente sur le bord de cette frontière mouvante entre l'érotisme et la pornographie.

Les photos dans « Lui » sont « soft » et soignées. Elles étanchent par défaut l'insatiable curiosité que j'ai du corps nu des femmes et provoquent la jouissance de pouvoir les contempler. Pas n'importe quels corps. Ceux de femmes jeunes correspondant aux canons de la beauté en cours. Ils m'ont déjà bien imprégné sans même que je le sache.

La revue est visible sur tous les présentoirs, ce qui la différencie des revues vraiment pornographiques de l'époque très vulgaires, souvent en noir et blanc, qui ne peuvent être achetées que par un public connaisseur … de l'endroit où elles sont plus ou moins dissimulées. Les photos de « Lui » côtoient des articles de société, parfois rédigés par des écrivains connus. De grandes actrices du cinéma acceptent d'y poser nues. Ce malin mélange entre textes et photos, qui s'inspire de la revue Play Boy fait alibi pour l'acheteur désireux de voir des photos de femmes nues. N'est-il pas normal, sain, naturel, entre gens de bonne compagnie, de mettre en avant et d'apprécier le spectacle de la beauté du corps féminin ? « Lui » a la prétention de soulever le voile puritain qui interdit l'exposition de la nudité.

Si les photos publiées me font tant d'effet, c'est que ma curiosité est bien conditionnée et que je vis la frustration permanente de nombre de jeunes garçons qui ne peuvent vivre les désirs de leur sexualité adolescente. Sans doute est-ce un passage obligé dans chaque société, ce moment d'attente qui se prolonge trop longtemps. L'adolescent voudrait découvrir le monde du sexe, et mieux encore l'associer aux sentiments ainsi que le vantent romans et films.

La découverte imprévue de ce numéro de « Lui » n'est pas sans conséquence. Acheter « Lui » ne déshonore pas. Le numéro spécial contenant un porte-folio dédié à Brigitte Bardot fait exploser les ventes. « Lui » devient un exutoire sexuel. Très tôt dans mon enfance j'avais découvert la masturbation. Mes premiers fantasmes se nourrissaient indifféremment de figures féminines ou masculines qui en étaient les objets. Cet univers indifférencié s'est très vite rétréci à des figures féminines. Mais les images mentales demeuraient le seul support à ma disposition.

Je n'ai jamais pu savoir dans quel film ou téléfilm se trouve ce dialogue que je n'ai jamais oublié. Au cours d'une soirée mondaine, une ronde d'hommes entoure une jeune starlette qui déclare : « C'est moi qui possède les plus beaux seins de la soirée ». On entend des hommes demander de façon pressante : « On peut voir ? On peut toucher ? ». Je suis seul dans le salon de ma tante, là où trône le meuble buffet qui contient la télé. Par un diabolique concours de circonstances, cela fait déjà plusieurs fois que ma tante à l'étage m'a demandé de lui apporter un objet qui se trouve en bas. Je ne peux la faire attendre plus longtemps sous peine de devoir m'expliquer. Un petit malin aurait trouvé une excuse. Je suis bien trop benêt pour imaginer quoi que ce soit. Grimper les escaliers au plus vite, donner l'objet demandé redescendre d'une manière insensée... Las, la scène est terminée et je n'en ai rien vu. Sans doute, vu l'époque n'y aurait-il rien eu à voir. Mais la frustration est telle que la scène que j'imagine prend une place capitale dans mon répertoire fantasmagorique. Elle nourrira de nombreuses contorsions à plat ventre.

Avec la découverte de « Lui » les photos achèvent de devenir une porte d'entrée vers un plaisir facile à atteindre. Un pli mental se prend; rien ne pourra plus l'aplanir, une appétence s'installe. Aussi belles soient les célèbres pin-up dessinées par Aslan dans ce même magazine, elles n'ont pas ce rapport au réel que recèlent les photos qui excitent. Peu importe si ce ne sont que des images. Les femmes représentées sont alors détaillées, les courbes, les rondeurs scrutées, découpées, le regard enfin rassasié. L'imaginaire leur prête vie, en dispose.

Après l'orgasme le souvenir des silhouettes désirées se dissipe vite comme la légère gêne qui en résulte. Bientôt le temps de recommencer.

En classe de première, bien plus torride que la partie lingerie du catalogue des « Trois Suisses », « Play-

Boy » circule sous les pupitres.

Un camarade de classe fait circuler la collection du grand frère et organise les prêts. Je découvre avec délectation les plastiques des Bunnies américaines. Plantureuses, bronzées, souriantes. La revue est plus audacieuse que « Lui », les pilosités des sexes apparaissent. Des icônes y prennent la pose, Maryline Monroe, Jane Mansfield, …

Notre fournisseur de magazines peine à satisfaire les demandes. Cette circulation noue une complicité autour d'un besoin que nous nous reconnaissons. Peu de paroles sont échangées autour de la circulation des revues, chacun recherche son plaisir solitaire. Ainsi accédons nous à une vie sexuelle, que notre environnement ne favorise pas. Dans ce lycée composé uniquement de garçons, l'enseignement n'aborde jamais le sujet qui nous brûle. L'aspect sous le manteau de notre trafic resserre nos liens. Nous considérons ce trafic comme un exutoire à l'ordre moral ancien même si nous le ressentons comme l'aveu d'un manque qu'aucun mot entre nous n'explore.

Aurions nous su dire que nos masturbations sont des pis allers qui ne nous offrent que des soulagements éphémères ? Qu'une fois le désir éteint, les images ne sont que des images qui nous ont manipulés et dont le charme s'est soudainement évaporé ? Flotte alors l'impression de s'être fait piéger par notre propre désir et par ceux qui savent en jouer.

Ce n'est pas la sexualité dont nous rêvons, même si l'époque a jeté au feu l'opprobre qu'entretenaient les morales religieuses à propos de la masturbation. Il n'est quand même pas si facile de s'en dégager.

Le marché de l'érotisme se démocratise. Nous sommes la première génération à pouvoir bénéficier de cette offre. Pourtant nous devinons que cet accès facilité aux représentations de la nudité recèle d'autres facettes moins brillantes. La transformation des corps convoités, surtout féminins, en objets, leur marchandisation, sont des expressions que nous n'aurions su employer mais dont le sens nous atteint. Masturbateurs-consommateurs nous faisons l'expérience d'une forme de culpabilité associée à ces pratiques. Nous la minimisons comme le prix à payer de la détente de nos frustrations.

Mais un autre prix à payer n'apparaît pas tout de suite : le formatage de nos regard, l'influence cachée de normes esthétiques. Les images qui nous séduisent magnifient les différences sexuelles, maquillage, épilation, hauts talons, dentelles, tout un arsenal de stéréotypes qui façonnent l'oeil. Cette imprégnation va façonner nos désirs.

Au même moment je parcours une autre voie vers le plaisir. Dans la bibliothèque du salon de ma tante Stéfa, je découvre quelques ouvrages qui me révèlent la puissance évocatrice des mots. Il y a la somptueuse édition des aventures de Caroline Chérie. L'éducation sentimentale de cette jeune noble tombée dans la tourmente de la Révolution française, racontée par un académicien encore bien vert, me passionne. J'emporte les trois tomes à Santeuil. Sous l'ombre des arbres, ils peuplent mes siestes estivales de personnages picaresques, de héros, de traîtres. Jacques Laurent invente un personnage féminin audacieux et libre qui vit dangereusement. Sa jeunesse, sa beauté,son indé--pendance attirent à elle les hommes et les scènes érotiques et scabreuses s'enchaînent. Sous la plume un peu perverse de l'auteur, l'héroïne paye souvent de sa personne la liberté, que l'écrivain lui octroie en parfait accord avec mon imaginaire dominateur.

Les scènes crues de « La jument verte », de Marcel Aymé, provoquent une discussion avec ma tante, surprise que j'ai pu dénicher ce livre et le prêter à un jeune camarade auquel je souhaitais procurer quelques émotions, suscitant ainsi la réaction outrée de sa mère m'accusant d'exercer de mauvaises influences. Encore Stéfa ne sait-elle pas que je me suis aussi régalé de « La femme et le pantin » de Pierre Louÿs , également dans la bibliothèque. Ce roman constitue ma première grande leçon sur le désir. En empathie avec le personnage masculin, je souffre de sa folle dépendance vis-à-vis de Conception Perez, figure de femme fatale. Sans doute reconnais-je inconsciemment en moi une attirance pour ce genre de souffrance.

A cette époque, en classe de seconde, je lis du Charles Morgan, une littérature romantique, un peu fade, qui idéalise le rapport amoureux et alimente mon rêve de trouver la femme qui m'inspirerait de tels sentiments. Rien de comparable avec la découverte de « J'irai cracher sur vos tombes ».

Un comparse rédacteur de la revue littéraire « Tiresisas », notre journal de potaches dédié à relater nos émotions littéraires, me prête « J'irai cracher sur vos tombes », le fameux roman scandaleux de Boris Vian, publié tout d'abord sous le pseudonyme américain de Vernon Sullivan. L'édition est défraîchie (peut-être une des premières), mais le titre en colère me met en éveil. Dans le métro qui me ramène à la maison j'entame la lecture du roman. Passe la station Botzaris où je dois descendre. Je m'accorde quelques pages de plus. En effet sur cette ligne 7 bis le métro fait une boucle et revient à Botzaris sans qu'il soit nécessaire de changer de wagon. L'histoire m'emballe. Les buts que poursuivent les personnages apparaissent au plus tôt. Les dialogues sont concis, les descriptions précises parfois d'une violence inouïe. Sous mes yeux de lecteur avide deux jeunes bourgeoises blanches, amourachées du beau libraire, deviennent les victimes expiatoires d'un racisme inversé. Elles n'ont pas deviné que sous la peau blanche du héros se cache, caprice de la génétique, un Noir vengeur, décidé à faire payer à deux innocentes la barbarie ségrégationniste du Sud.

Presque vingt ans après sa parution, son interdiction et finalement son autorisation, le livre me captive. Vian joue avec le feu. D'aucuns reprocheront à l'œuvre un aspect pornographique. Sans avoir encore découvert Sade, les sévices que subissent les personnages féminins se relient à mes élucubrations enfantines. Le mystère de cette inclination demeure entier.

La littérature irrigue mon imaginaire. A partir des scènes de sexe qu'inventent les auteurs j'érige moi-même le décor et imagine les personnages. Puissance des mots qui génèrent des représentations. Ces constructions mentales m'entraînent vers un onanisme différent à la culpabilité plus légère. Je peux penser que mettant ainsi activement la main à la pâte je bénéficie aussi des gratifications de la création !

Le cinéma participe peu à mes premiers émois iconiques. Quelques salles spécialisées diffusent des films dont l'action principale se résume à la possibilité de dénuder les héroïnes. M'y rendre me met directement en contact avec des hommes qui recherchent la même chose que moi. Plus encore qu'avec mes copains de classe j'éprouve une honte à partager avec des inconnus ce besoin qui me tiraille. Même si les images animées m'apparaissent plus vivantes que celles des revues, cette promiscuité, cette ressemblance non assumée aux autres spectateurs me détournent rapidement de ces lieux obscurs.

Sans passerelle, deux mondes cohabitent en moi. Celui du sexe, celui des sentiments. Une grande attente imprègne ma vie quotidienne. Pendant ce temps, la société bouge. Le corset de la morale puritaine et hypocrite craque. Le statut de la représentation du nu évolue. Un érotisme teinté d'hédonisme se répand pour mon plus grand plaisir, et celui des éditeurs. La tyrannie des stéréotypes du beau laboure en profondeur les esprits. Un immense marché se nourrit de la frustration des jeunes garçons.

16 - Stéfa

Je n'ai pas tout à fait 11 ans, encore l'âge de jouer dans un jardin public. Ma tante Stéfa m'accompagne, elle s'assoit sur un banc et observe les enfants qui s'ébattent. Je me mêle à eux. La plupart sont accompagnés de leur mère. Parfois quelques enfants font des allers et retours entre l'aire de jeu et les genoux maternels. Qui va chercher un câlin, qui un encouragement, qui un gâteau. De l'endroit où je joue avec quelques uns d'entre eux, je lance vers ma tante un sonore « maman ! ». Ainsi, tout est à sa place. Pour les yeux de tous j'ai une maman qui me protège de sa bienveillante surveillance.

Ma tante, décontenancée, ébauche un sourire. Elle n'en attendait pas tant. Je peux imaginer l'heureuse surprise de mon appel. Dans sa vie elle a raté les occasions d'être mère. Moi, le fils de sa sœur admirée, j'échoue chez elle et lui donne l'occasion d'accomplir une noble mission qui me sauve de la noyade. Car avec son conjoint de l'époque ils m'assurent un foyer de secours précieux.

Au moment même où je profère l'hymne « maman », quand les deux syllabes vibrent dans l'air, je sais inéluctablement que c'est la dernière fois que je les prononce, que ce soit à l'adresse de ma tante ou de toute autre femme. Mon « maman » sonne faux, je le sens. Nommer « maman » c'est fonder un lien unique. Seule la fin de la vie le dénoue. Toute autre utilisation est une usurpation.

Stéfa me demande sur le chemin du retour pourquoi je l'ai appelée « maman ». Elle sait que je ne l'ai pas nommée ainsi par amour, elle devine le souhait de masquer ma singularité d'orphelin. Elle voudrait savoir si le mot est sorti par inadvertance ou s'il s'agit d'un nouveau positionnement. Mes explications confuses tentent de dire que je n'en sais rien.

Comment pourrait elle deviner que ce cri « maman » représente l'ultime tentative désespérée pour conjurer le sort ? Que la profération puissante du mot transmute la réalité ! Hélas non.

Stéfa ne pourra jamais prendre la place que je cache en moi pour une femme capable de manifester de la tendresse. Elle est trop froide, trop empêtrée dans son corps, pour l'animer autrement que dans des parades raides destinées aux hommes. L'apparence, les vêtements, jouent un rôle important dans sa vie sociale. Elle me laisse une incroyable collection de photos d'elle même où elle pose dans des habits chics. La vie parisienne et son offre culturelle lui conviennent bien. C'est une citadine. Par la langue polonaise qu'elle enseigne au lycée polonais de Paris, elle reste reliée à son pays natal.

Dans son rapport corporel au monde sa sœur cadette Baïla, ma mère, se différencie nettement. Elle aime avant tout être dehors. Elle me léguera son goût pour la nature, la randonnée, les animaux. Sur des photos datant d'avant guerre je la vois avec des skis, avec une jupe de randonneuse, des chaussures de marche, un sac au dos. Elle joue au volley-ball en maillot de bain sur les plages du Lavandou, aime le soleil, le naturisme, se baigner. Son corps m'accueille chaque fois que je réclame un contact.

C'est en 1939, par la force des choses, que Stéfa va demeurer en France. Institutrice à Varsovie, elle aime passer de longues vacances auprès de Bella sa sœur cadette « française ». Quand arrivent celles de l'été 1939, peu de gens imaginent qu'Hitler s'apprête à envahir la Pologne. Pour sa survie Stéfa reste en France et se réfugie à Toulouse en zone libre où elle croisera ma mère. Elle y entame une sorte de licence de « Français langue étrangère ». L'invasion de la zone libre l'oblige à se cacher. Elle s'appuie sur un réseau de bonne volonté. Un curé lui signe un certificat de « bonne catholique ».

Ces cinq années passées en France pèsent dans sa décision d'y rester. A-t-elle eu vent des pogroms polonais de l'après guerre ? Bella et Stéfa, les deux sœurs rescapées, se voient souvent. Avant la guerre Stéfa écrivait à Bella que dans la course au mariage, toutes deux - un comble - allaient se faire coiffer au poteau par Renia la benjamine. Stéfa découvre en Renia, sa petite sœur, une belle jeune femme dont l'élégance n'a rien à lui envier. Elek, un prétendant sérieux confirme le retard qu'ont pris les sœurs ainées. Stéfa se marie en 1947, Bella en 1949, toutes les deux acquièrent ainsi la nationalité française. Stéfa n'aura pas d'enfant, les circonstances ne lui sont pas favorables, son mari père de deux grand enfants ne souhaite plus en avoir.

Stéfa et Jacques son époux viennent souvent nous rendre visite à Santeuil. J'apprécie leurs visites car ils ne viennent jamais les mains vides. Suprême cadeau, Jacques me propose faire un tour en voiture. Mes parents n'en ont pas, quelle arriération !

Après la disparition de Bella, Stéfa ne sait pas par quel bout me prendre. Elle fait de son mieux. C'est certainement plus difficile que ce qu'elle a imaginé quand elle a proposé à mon père de le relayer dans la semaine et de me prendre chez elle du lundi au vendredi pour assurer un cadre, suivre ma scolarité.

Car à Sadi-Carnot, je suis livré à moi-même en rentrant de l'école et parfois aussi durant les soirées où mon père s'absente pour des conférences, des formations. Il y a bien quelques amies qui viennent me tenir compagnie, me préparer le diner. Pleines de bonne volonté, elles me lisent une histoire une fois que je suis au lit. Mais au printemps les jours sont longs. Après le départ des bonnes âmes il m'arrive de ressortir pour retrouver les enfants qui se couchent plus tard. La mine ébahie de Cécilia, l'une des liseuses, revenant sur ses pas à cause de l'oubli d'un sac et me retrouvant debout en pyjama en train de jouer dans la villa !

Ma tante et mon oncle m'accueillirent d'abord dans leur pavillon étroit rue du Donjon à Vincennes. Puis ils déménagèrent avenue Gambetta à Saint Mandé dans un hôtel bourgeois qui avait été fractionné en trois appartements. Au rez de chaussée le grand appartement d'une professeure de piano (j'y prendrai quelques leçons), deux autres plus petits à l'étage, dont celui de mon oncle et de ma tante.

Ils eurent l'excellente idée de faire aménager les combles. Deux petites pièces mansardées constituaient mon antre. J'aimais m'y retrouver le soir, seul, après le programme du soir à la télé.

L'hiver le radiateur électrique était indispensable. L'été, j'ouvrais un grand vasistas au dessus de mon lit. L'ouverture donnait sur des toits en zinc à faible pente. J'accrochais mes deux mains de chaque côté du bâti, je propulsais mes pieds dans l'encadrement et me retrouvais assis sur le bord externe du vasistas. « A nous deux Saint Mandé !» aurais-je pu dire. Seul sur les toits j'avais une impression de puissance. J'appréciais la douceur de juin, la lente tombée de la nuit.

En me promenant sur le toit, je découvris qu'il existait d'autres vasistas. Ils faisaient office de puits de lumièrc. L'un d'cux plongeait directement sur la cuvette des WC de l'autre appartement du premier étage. Je n'y prêtais pas attention, sauf un soir où, jetant un coup d'oeil distrait, je vis de la lumière sortir du vasistas. Assise sur la lunette se tenait une jeune femme, la petite fille des voisins.

Au delà de la masse des cheveux je pouvais apercevoir deux genoux et le début de l'arrondi des deux fesses. Je n'aurais pu imaginer une meilleure position de voyeur. Regarder à son insu une jeune silhouette féminine dans une situation on ne peut plus intime.

Sans doute le plus excitant n'était pas ce que la situation donnait à voir; c'était la rareté de cette position d'observateur qui lui donnait son prix; mais un prix exorbitant au cas où le voyeur serait surpris à son tour, conséquence possible d'une règle de base de l'optique - l'oeil qui voit peut être vu. Beaucoup trop cher. J'ignorais donc le puits de lumière lors de mes fréquents séjours sur le toit. Quelques revues érotiques trouvèrent leur place sous le lino de la penderie.

En visite à Saint Mandé, Caroline demande à voir mon domaine. Sa grand mère Marthe, l'élève comme sa fille, les parents s'étant séparés. Je sens bien que les deux familles s'amusent à nous voir nous rapprocher. Caroline du même âge que moi vient plusieurs fois nous rendre visite à Santeuil du vivant de ma mère.

Après son décès nous ne perdons pas le contact et parfois je suis invité dans le bel appartement du 16 ème arrondissement où elle vit avec ses grands-parents. Durant le long trajet en métro, je repasse dans ma tête les sujets que je pourrais aborder à table, puis en tête à tête avec elle. Je redoute de n'avoir rien à dire. Je sais qu'il ne faut pas compter sur mes capacités d'improvisation. J'établis mentalement une liste comprenant des comptes rendus de lecture, des films, des anecdotes du lycée … Je souhaite faire bonne impression autrement qu'en me tenant bien à table où s'étalent argenterie, porcelaines, cristaux.

Caroline est émoustillée à l'idée que nous serons seuls dans mon mini studio sous les toits. Assis à ses côtés sur mon lit je poursuis mes efforts pour meubler la conversation. Sa présence me trouble. Légèrement maquillée, parfumée, en jupe, elle représente à mes yeux un concentré de féminité. Nous avons tous deux conscience que notre isolement pourrait favoriser un rapprochement physique. J'en ai envie plus par curiosité que par une franche attirance pour elle, mais je manque de détermination. Je ne suis pas amoureux, juste impressionné. Après l'échange de quelques banalités, nous redescendons retrouver nos familles.

Je retrouve quelquefois Caroline aux séances de cinéma du T.E.P. Elle s'accommode de la longue traversée de Paris en métro. Nous nous asseyons côte à côte. Le film commence.

Mon bras droit entoure ses épaules au dessus du dossier. Ma main touche son bras. Je tente une approche millimétrée de son sein droit qui gonfle merveilleusement l'étoffe du corsage. Avec une douceur ferme elle écarte cette incursion. Ce n'est pas la bonne méthode.

Quand nous nous retrouvons au sommet de l'escalier du métro Gambetta je m'apprête à lui faire une bise sur la joue. Caroline prend les devants, colle ses lèvres sur les miennes. Je sens sa langue forcer le passage et je goûte l'étrangeté d'une salive inconnue. Elle se recule et considère le résultat. Ma surprise semble la réjouir.

Notre histoire s'arrête là, car le divorce entre ma tante et mon oncle (à son initiative) va tracer une ligne de démarcation de part et d'autre du couple. Il va y avoir un procès avec des témoins, un jugement pour signifier qui est en tort, une répartition des biens. Pour ma tante gagner ce procès lui permettrait de rester dans l'appartement qu'elle aime bien. La famille de Caroline soutient mon oncle contre ma tante. Cessent les rencontres dans le 16ème et au T.E.P. Nous ne rejouerons pas Roméo et Juliette.

Privée de son mari, ma tante éprouve une grande solitude et fait une dépression. Au delà de la perte affective c'est toute cette place sociale patiemment construite qui est altérée. Certes son mariage lui a donné la nationalité française, mais ses racines sont fragiles. Elle n'a plus sa sœur pour la consoler. La famille en France est plus que restreinte. Les relations avec mon père réduites au minimum. Il a très mal pris qu'elle puisse le suspecter de détourner à son profit l'héritage de ma mère.

A l'époque je suis peu sensible à cette solitude et à sa souffrance qu'elle n'exprime pas. Plus je grandis, plus je cherche à m'affranchir de sa tutelle. Les vacances d'été me le permettent: longues randonnées à vélo en auberges de jeunesse, mini tour d'Europe en stop, puis en 2 CV. Ce qui m'attire c'est tout ce qui me permet de vivre une vie affranchie du regard des adultes. Mon père me laisse faire, je suis un garçon ! Ma tante se résigne, elle ne peut s'y opposer.

Par mon apparence physique, cheveux longs et barbe fournie - qui lui rappellent les vieux Juifs des shtetls qu'elle déteste - mes idées gauchistes, je ne ressemble pas au neveu policé qu'elle aurait souhaité.

Quand j'entre en classe de première, je demande à revenir habiter à Sadi-Carnot à plein temps. La voie vers le baccalauréat semble bien tracée. En grande partie grâce à elle. Elle me soutiendra financièrement jusqu'à mon entrée dans la vie professionnelle.

Stéfa m'a laissé un trésor inestimable dont je n'ai apprécié la valeur que bien longtemps après sa mort. Une partie des lettres qu'elle avait envoyées en France à Bella depuis Varsovie entre 1926 et 1939. Au décès de ma mère elle avait récupéré auprès de mon père ces lettres en polonais. Une partie de cette correspondance entre les deux sœurs a survécu aux nombreux déménagements.

Lettres polonaises

- *Comment as-tu pu lire ces lettres, tu ne parles pas polonais ?*
- *Je les ai fait traduire par une traductrice professionnelle. Je ne connais plus personne qui parle polonais autour de moi. Je me suis enfin penché sur votre vie d'avant guerre, à ce que tu racontes de ta vie, de tes frères, de tes sœurs. Ça m'a totalement passionné. A partir de ces feuillets jaunis, les pages des cahiers que tu distribuais à tes élèves pour leur apprendre à écrire, j'ai pu reconstituer des bribes d'un monde que je n'ai pas connu.*
- *Je n'avais pas réussi à t'y intéresser.*

147

- J'ai réalisé que votre famille était très unie et que le départ de Bella en France n'était pas passé inaperçu. Vous attendiez tous avec impatience qu'elle vous écrive, qu'elle vous rassure. Tout le monde la pressait d'écrire, toi, la famille, les amis. Et surtout David, le petit frère abandonné par sa sœur préférée.

- Bella, je lui en ai vraiment voulu de ne pas nous écrire plus régulièrement. Il se passait parfois de longs mois entre chacune de ses lettres. Les parents, moi, tout le reste de la famille étions très inquiets. Elle n'avait pas de titre de séjour. Elle aurait pu être renvoyée en Pologne. Et là, c'était la case prison. Les premiers mois en France, sans papiers, sans parler la langue, ont été très durs. Elle disait même vouloir revenir. J'ai fait tout mon possible pour l'en dissuader. J'ai fini par la convaincre de ne pas revenir. En 1938, quand elle est venue à Gdansk, elle n'avait pas encore bénéficié d'une mesure d'amnistie.

- Tu ne la ménageais pas, dis donc, ta petite sœur. Tu la traites de paresseuse, d'égoïste, tu la menaces de la priver de nouvelles si elle ne répond pas plus vite ...

- Elle m'agaçait beaucoup. Elle était douée pour tout, bien plus que moi, mais insouciante, un peu négligente.

- En dix ans on voit l'évolution de David. Au début, il sait tout juste écrire son prénom. En 1936 il lui écrit de vraies lettres.

- Il adorait Bella. Elle lui manquait vraiment.

- A ma grande surprise j'ai découvert qu'un voyage en France concernant toute la famille avait été prévu au cours de l'année 1937. C'est complètement inouï ! Tes parents qui ne voyageaient jamais ! Comment ont-ils pu envisager un tel déplacement ?

148

- *1937, c'est l'année de la grande exposition universelle à Paris. Pour les parents, c'était un excellent prétexte pour obtenir un visa touristique enfin de revoir Bella. Eux aussi souffraient de sa longue absence. Ma mère avait fait repeindre l'intérieur de la maison pour qu'elle soit accueillante en prévision d'une visite souvent annoncée, mais jamais effective. En 1937 cela faisait plus de onze ans que les parents ne l'avaient pas revue.*
- *Tu évoques dans une de tes lettres à Bella la nécessité pour vos parents de s'acheter des vêtements « européens ».*
- *Le père surtout portait des vêtements qui l'identifiaient tout de suite à la communauté juive. Finalement ce voyage n'a pas eu lieu. Moi seule ai revu Bella à Paris l'été 1937. Incroyable ! Elle parlait français sans accent . Elle avait réussi à ouvrir ce jardin d'enfants à Orsay. J'étais tout à fait rassurée sur son sort. Je l'ai dit aux parents. J'ai fait la connaissance de Han Lo Jan son ami chinois. Nous sommes allées à Chevreuse. Puis je suis revenu l'été 1938. En novembre Bella a pu venir à Gdansk. Les parents l'ont enfin revue. Pour la dernière fois ...*
- *Et puis il y a ces trois cartes terribles, tamponnées d'une croix gammée, issues du ghetto de Varsovie.*
- *Bella les a gardées ... On lit, malgré la censure, les conditions de vie épouvantables, le froid, les privations, la maladie, la mort du père.*
- *Renia en a écrit deux, Beniek une. C'est Renia qui donne le plus de nouvelles. Elle parvient à écrire tout petit sur la surface réduite obligatoire de ces cartes. Elle dit qu'elle écrit souvent. Mais il ne reste que trois cartes ...*

149

- *Oui. Je ne sais pas si Bella en a reçu d'autres. Cette poste fonctionnait de façon délibérément aléatoire. Il y avait aussi la censure.*
- *J'ai été étonné de constater qu'il y avait encore un service postal. Même des colis. Sans doute une stratégie pour ne pas inquiéter davantage la population enfermée. Bella envoie de la nourriture, des habits. Une paire de chaussures à été séparée. Chaque chaussure est placée dans un colis différent pour que la paire ne soit pas détournée.*

Renia demande à Bella si un jour elle pourra la remercier de tous les cadeaux qu'elle reçoit : nourriture, vêtements, etc ... Elle conclut par un pressentiment : « Espoir faible, n'est ce pas ? »

17 - Gare de Lyon

Sur le quai de la gare de Lyon retentit : « Attention au départ ». Ce soir, j'accompagne Stéfa, jusqu'à son compartiment couchette. Je me suis coltiné ses deux lourdes valises, de quoi changer souvent ses tenues pour ce séjour hivernal en hôtel sur la côte d'Azur. Avant de nous quitter elle me tend une enveloppe contenant « mon mois » ; cette somme d'argent de poche qu'elle me donne régulièrement avec conviction. D'après elle, les jeunes doivent savoir gérer une petite somme d'argent. Les parents doivent leur en fournir. J'approuve tout à fait cette pension, réévaluée régulièrement en fonction de mon âge, qu'elle me versera jusqu'à mon premier salaire, quel qu'ait été l'état de notre relation - souvent tendue - et quels qu'aient été les achats - même contraires à ses idées - que j'ai pu faire avec cet argent.

C'est son engagement, soutenir le fils de sa sœur. C'est aussi me prouver très concrètement que j'ai besoin d'elle. Car si j'échappe de plus en plus à son emprise en refusant ses valeurs que je trouve mondaines, trop attachées au paraître, je ne me rebelle pas jusqu'à lui dire que je n'ai pas besoin de son argent. D'autant que mon père ne pratique pas cette généreuse et régulière action éducatrice. Il finance à l'occasion quelques besoins que je peux avoir, jamais assez à mon goût.

J'enfourne dans ma poche les billets qu'elle me tend, une somme un peu plus importante qu'à l'ordinaire. Non seulement elle s'en va pour un séjour de quelques semaines qui me dispenseront avec soulagement des visites hebdomadaires obligatoires, mais son départ me dote d'un budget de début de mois qui me donne une aisance pour envisager quelques dépenses. En sortant de la gare, j'inspire l'air frais de décembre, un air de liberté. Les lumières des terrasses de cafés animent l'obscurité hivernale. Personne ne m'attend à la maison. Seul à Paris.

Combien de rues ai-je parcourues pour arrêter définitivement la décision que c'était décidément ce soir que je cesserais d'être puceau ? La question n'en finissait plus de me tracasser ces derniers temps. Les midis, dans le café près du lycée, j'entendais les récits de copains de classe dont la vie sexuelle me laissait envieux … B. nous parlait de la fille avec laquelle il sortait ; une femme mariée avec laquelle il prenait des cours accélérés. Il nous parlait de la découverte de son corps, de son sexe dont l'odeur le répugnait délicieusement, du désir de cette femme à son égard. Ces témoignages de première main nous rendaient encore plus enviable ce nirvana.

Il évoquait les rencontres avec de grands gestes, les yeux brillants. La faim qu'il lisait dans les nôtres prolongeait son plaisir.

Cette question de notre virginité nous travaillait dur. On rêvait tous d'une aventure de ce style, d'une femme initiatrice ; une femme de trente ans qui nous aurait permis de franchir ce mur invisible, qui séparait ceux qui avaient connu l'amour de ceux qui ne savaient pas. Comment dire qu'on était un homme tant qu'on ne « l'avait pas fait »? Mais les initiatrices telles que nous les rêvions n'existaient que dans nos imaginations romantiques.

Vis à vis des prostituées nous éprouvions une fascination mêlée d'une certaine crainte. Dès les premières années du lycée nous les avions découvertes dans les quartiers près de la rue Saint Denis auxquels

152

nous pouvions avoir accès à pied. Parcourir les rues où elles travaillaient nous permettait d'éprouver l'idée que les portes d'un monde désiré s'ouvraient là. Juste un frisson. Notre éducation mettait des barrières, et nous ne pouvions nous identifier aux hommes qui leur tournaient autour et qui parfois pénétraient dans le couloir étroit d'un hôtel plutôt minable. Nous n'étions que des voyeurs curieux et hypocritement méprisants. Les éclats de peau nue des jeunes femmes en bas résille et en corsets affriolants s'imprimaient dans nos rétines mémoires. Mais aucun d'entre nous n'aurait été assez audacieux pour transgresser les interdits liés à l'âge et à la morale ambiante. Il fallait remettre à plus tard le moment où l'œil et la main s'accorderaient dans les caresses.

Peu d'entre nous avaient alors une copine du même âge avec laquelle envisager une relation sexuelle. Les classes n'étaient pas mixtes. Ce n'est pas à Santeuil que le jeune renard que je devenais aurait pu rencontrer la partenaire souhaitée. Rencontrer des filles était une chose, « sortir » avec l'une d'entre elles une autre encore, « faire l'amour » un sommet inaccessible. Si le cinéma et la littérature regorgeaient de héros qui faisaient leur apprentissage, cette initiation sexuelle rêvée ne survenait pas dans nos vies ordinaires.

Lors d'une sortie au cinéma, un soir sur les Champs Elysées avec mon père, j'avais traversé une rue adjacente quelques mètres devant lui. Une jeune femme élégante m'avait abordé en m'engageant à la suivre. Quelques secondes m'avaient été nécessaires pour comprendre que cette invitation était tarifée. La jeune femme n'avait rien de vulgaire, elle concentrait toute cette féminité qui m'attirait : maquillage de bon goût, vêtements chics, chaussures à talons. Dans cette rue aux grands immeubles cossus, une princesse sortie d'un magazine se proposait d'enchanter ma vie.

Tout en déclinant poliment l'invitation j'avais l'instant d'après ressenti la morsure d'un regret.

Mon père m'avait rejoint. La scène avait été si furtive qu'il n'avait rien remarqué. Je la lui racontais. Une façon de la vivre une nouvelle fois et de nourrir un imaginaire.

Ma marche me mène du côté du quartier des Halles renommé pour être un lieu de prostitution. Je décide d'être énergique dans ma demande. Je l'aborde directement : « Et pour un petit dépucelage, ce sera combien ? » Une phrase que je me suis répété en chemin en me demandant bien comment entrer en matière. Je souhaite apparaître déterminé. En me positionnant de la sorte je renoue avec le rôle historique dévolu à la profession. J'ai peut-être aussi la prétention de me distinguer des demandes habituelles. En quelque sorte je lui demande d'exercer une fonction sociale qui gomme les aspects les moins reluisants du recours à la prostitution. Façon de renouer avec une sorte de service éducatif tout droit issu du siècle passé. Ainsi espéré-je peut-être échapper à l'opprobre qui touche les clients « ordinaires » qui vont chez les putes.

Je considère ma virginité comme un handicap, et mets dans sa perte la certitude que je deviendrai un autre homme. Une volonté de changement de statut. Je pense que cette expérience va modifier mon rapport aux autres. C'est dire la fascination avec laquelle j'appréhende ce passage qui va m'ouvrir au corps féminin, enfin nu, enfin à portée de main, enfin livrant les secrets de son sexe.

En la choisissant elle, parmi d'autres dans la rue, je me jette à l'eau, et passe à l'acte. Mis à part une démarche un peu traînante sur ses hauts talons et un regard accrocheur elle n'arbore ni tenue racoleuse ni maquillage outrancier. Plutôt un style bourgeois ; une réponse aux souhaits de certains clients ? Pour moi, c'est parfaitement rassurant. Ma demande est accueillie sans surprise particulière. Un sourire réservé scelle le marché. Elle se dirige vers la porte cochère d'un immeuble vieillot ressemblant en tout point à ce que je peux imaginer. Dans l'escalier derrière elle, le cœur battant, je peux me dire que, enfin, j'y suis. Quelques marches au-dessus de moi ses mollets alertes gainés de mailles fines grimpent vers un palier inconnu, une vague odeur parfumée les suit.

Elle ouvre une porte défraîchie d'un geste d'habitude.

Un large lit muni d'un couvre lit en fourrure synthétique prend presque tout l'espace d'une petite chambre. A gauche en entrant se tiennent un lavabo et un bidet. Volets fermés, lumière tamisée rouge, glace au plafond, je découvre un décor.

Elle pose son sac à main sur la table de chevet à gauche du lit et m'invite à payer d'avance la prestation à venir. Carré et clair pour prévenir toute entourloupe possible d'un client. Comme je sors la somme convenue de ma poche, elle me propose d'en rajouter un peu pour « le petit cadeau ». Parfaitement ignorant de quoi il s'agit mais ayant décidé de me laisser prendre en main, j'allonge un nouveau billet dont le montant excède largement le supplément demandé. N'a-t-elle pas de monnaie demandé-je, ridicule, comme si j'étais à l'épicerie du coin, en toute méconnaissance des us et coutumes du lieu ? Voilà. Je suis tout à fait délesté; les choses sérieuses peuvent débuter.

- Déshabille-toi pendant que je vais faire une petite toilette.

En un tournemain elle m'apparaît nue et se dirige vers le bidet. C'est une jeune femme au corps svelte, mon aînée de quelques années seulement. Mais ce petit écart possède la taille d'un fossé. Elle est totalement adulte, ce que je ne suis pas. Elle enfourche le bidet et savonne abondamment une toison brune qui contraste crûment avec la blondeur de sa chevelure pendant que je découvre nu et muet, cet aspect inattendu des préliminaires.

- Viens que je te fasse toi aussi une petite toilette.

Je m'approche du lavabo, elle savonne mon sexe avec dextérité, le rince et l'essuie sans commentaire. Elle m'invite à m'installer sur le bord du lit. Mi-allongé je m'adosse contre la tête du lit.

Elle s'assied à hauteur de mes cuisses, le visage tourné vers moi, les seins offerts à mon regard. S'emparant de mon sexe recroquevillé elle se penche sur lui. C'est comme si elle cherchait à réchauffer un membre engourdi par le froid. Elle arrondit la bouche pour souffler son haleine tiède sur mon gland qu'elle entoure ensuite de ses lèvres avec de brefs mouvements de succion. Cet enfournement doux, sans un mot, me décontenance davantage encore. Je sens qu'elle y met une certaine conviction professionnelle et s'efforce de faire grandir en moi la marque de mon plaisir.

Mais toute cette attention me laisse de glace. Mon imagination si féconde quand solitaire elle est nourrie du manque se trouve complètement déconnectée de la situation. C'est comme un excès de réalité. J'obtiens tout ce qui m'obsède ces derniers mois : une femme nue, réelle, désirable, disponible et il ne se passe … rien. Je subis le « petit cadeau ».

Elle voit bien que tous ses efforts n'entament en rien ma frigidité résolue contre laquelle je suis parfaitement impuissant. Cela devient gênant. Elle s'allonge près de moi, prend une de mes mains qu'elle pose sur un de ses seins. Le contact de cette chair moelleuse et douce que je rêve tant de palper, de malaxer tendrement ne me fait aucun effet. Où est la transe qui m'avait saisi quand, à l'âge dix ans, j'accompagnais Gérard Philippe, déguisé en Fanfan la tulipe en haut d'un toit, pour plonger avec lui un regard impertinent et gourmand dans le décolleté monumental de Gina Lollobrigida ?

J'ai sous la paume un sein rond et doux. Il m' émeut moins que le buste froid en marbre de Mme de Récamier, dans le salon de ma tante, une copie de Houdon, dont je caressais parfois à la dérobée les globes blancs et durs.

J'ai conscience que le temps s'égrène et sais d'ores et déjà que définitivement je ne banderai pas. Le soulagement l'emporte sur la déception quand elle fait le constat que ce n'est pas pour aujourd'hui. Elle ne manifeste aucune attitude moqueuse ou ironique. Au contraire, elle veut adoucir la situation en disant que ce sont des choses qui arrivent.

Mais tout ce qu'elle peut dire ne me touche plus. Une seule chose compte: me retrouver au plus vite avec moi-même, sortir de cet engourdissement. Au fur et à mesure que je dévale l'escalier mon esprit se remet en mouvement.

Je suis toujours le puceau d'avant. Ce qui m'en différencie c'est que je n'ai plus d'argent de poche jusqu'à la fin du mois. Il va falloir se serrer la ceinture. A défaut d'être déniaisé, je suis dépouillé. Enrichi peut être de l'expérience que la sexualité entre être vivants ne fonctionne pas comme la mécanique stimuli/réponse face aux images sur papier glacé. Irréfutable. Je décide alors d'abandonner aux circonstances le soin de me guérir de ma virginité. Combien de temps faudra-t-il encore ? Etonnamment le côté lancinant de la question s'efface. Bander pour une fille qu'on aime, me semble le prochain objectif.

Quelques mois plus tard, quand nous parlons J.L. et moi des filles de notre petit monde, de celles qui nous plaisent et monopolisent nos discussions, alors que nous sommes toujours tous deux en attente du « grand événement », je lui glisse : « J'ai une histoire drôle à te raconter ». Je lui confie l'histoire de la gare de Lyon; je m'y gausse de moi-même avec un certain plaisir. L'anecdote l'intéresse. Peut-être la tentation l'a-t-elle effleuré lui aussi ? Je franchis un nouveau pas en partageant cette histoire. Tous deux nous avons confiance en l'avenir. Le temps de nos amours, celui qui créera l'arche rêvée entre désir et sentiment partagés, viendra.

Les Gerbes – Arras en Lavedan – Septembre 2020

Sommaire

Préface :

Remerciements :
à Manue pour son soutien.

Photo de couverture : l'auteur à l'âge de 6 ans à Santeuil.